범우문고 085

바보네 가게

박연구 지음

범우사

국립중앙도서관 출판시도서목록(CIP)

바보네 가게 / 박연구 지음. -- 2판. -- 파주 :
범우사, 2006
  p. ;   cm. -- (범우문고 ; 85 - 수필)

ISBN 89-08-06085-5 04800 : ₩2800
ISBN 89-08-06000-6(세트)

814.6-KDC4
895.745-DDC21   CIP2006000140

차 례

□ 박연구朴演求 론

추운 현실의 따사로운 긍정

진웅기(수필가)

박연구 씨의 수필을 읽을 때에는 그가 커피를 마시는 것처럼 읽는 것이 좋다. 커피 향기가 코에 스미는 것을 느끼며 조용히 잔을 들어 한 모금 한 모금 차를 마시듯 그렇게 읽어나가야 하는 것이다. 매끄럽게 이어지는 그의 글을 단숨에 읽어나가다 보면 은은하게 감추어진 의미들을 놓치기 일쑤이기 때문이다.

요즘의 독자들은 글도 콜라음료처럼 톡 쏘는 맛을 좋아해서 저쪽에서 시원하게 코에 감겨오기를 바라는 경향인데, 박연구 씨의 글은 그렇지가 않다. 의미를 글과 글 사이에 감추어두기도 하고 유머러스한 과장과 역설로 슬쩍 돌려치기도 한다. 더구나 글을 매우 절약하기 때문에 주제가 무엇인지 분명하게 말하지 않기 일쑤여서 다 읽고 나서 떠오르는 영상 속에 주제가 나타날 때가 많다. 그렇게 잡은 주제로 전체의 흐름을 다시 생각하면 무심코 넘겨버린 대목 대목이 새로운 색채로 살아나 맛있게 뻗어나간 매화 가지를 보는 감을 준다.

한데 박연구 씨의 글을 여러 편 읽다 보면 어딘지 좀 서운하다는 생각이 들 때가 있다. 글에 그늘이 적다는 점이다. 운치 있게 그려진 매화 가지는 봄볕 아래 조용히 흔들릴 뿐 바람이 몰아쳐 꽃잎을 날리는 안타까운 일이 적고 검은 구름이 무겁게 드리워져 고운 빛을 위협하는 일도 적다.

저자가 소재를 가정이나 자기의 생활에서 많이 구하기 때문일까? 수필이란 자기의 치부나 어두운 면을 너무 노골적으로 드러내면 독자에게 민망한 감을 주게 되고 따라서 글의 품격이 떨어지는 특수한 글이기 때문인지도 모른다. 하지만 수필도 역시 어둠까지는 아니라 해도 가끔 그늘이 살며시 드리워져야 으레 짜증도 있게 마련이고 분통도 터질 수 있는데 박연구 씨는 그것을 너무 탈색시켜버리는 것이 아닌가 싶다. 그래서 온화하고 밝은 얼굴은 보이지만 거기에 본연의 생김새나 절제 이전의 실감이 좀 덜 느껴지는 것이 아닌가도 싶은 것이다.

그러나 박연구 씨의 수필을 가만히 살펴보면 생활 속의 언짢음을 일부러 글에서 배제하고 있는 것이 아니라

온화하고 초탈한 눈으로 바라보는 데서 생활의 그늘이 도리어 밝은 색을 띠고 나타나는 것 같다. 프랑스 인상파의 어떤 화가도 그늘이 없는, 기가 막히게 달콤한 색채로 그림을 그렸다고 하지 않는가. 긴 고해 속을 유순한 마음을 가지고 헤쳐 나오다 보면 씁쓸한 색채들이 영롱한 빛을 뿜는 것처럼 보이게 되는가보다.

사실은 서두에서 말한 것처럼 박연구 씨의 글을 천천히 읽어나가면 따뜻함보다는 추위를 느끼게 될 때가 많다. 기품 있는 선비가 추운 날에도 안 추운 척 걷는 것처럼 그의 글 뒤에는 늘 인생의 추위가 느껴지는 것이다. 박연구 씨의 글에 그늘이 적다고 고언을 제기했지만 사실은 그의 글마다 느껴지는 이 추위가 박연구 수필의 미학美學이 아닌가 하고 나는 생각한다. 자기 자신은 잘 의식하지 못하는지 모르지만, 그의 글에서 이 추위가 으스스하게 느껴지면 봄날의 밝음과 화창이라고 생각되던 대목이 겨울날 양지쪽에서 해바라기를 생각하는 것처럼 따사롭고 반갑게 느껴진다.

〈효도산행〉이라는 글은, 아버지가 묻힐 자리를 아버지가 원하시기 때문에 모시고 가서 구경을 시켜드린다는 얘기다. 아버지는 자기가 묻힐 자리 위에 누워도 보고 하시며 얼굴에 안도의 빛을 떠올리는데 그것을 보고 자식으로서 조금이나마 효도를 한 느낌이 들었다고 한다. 이런 대목을 가령 다른 사람이 썼다면 칙칙한 어두운 빛깔로 칠해버리거나 묘지사상에 대한 비아냥거림이 될 수도 있을 것이다. 박연구 씨는 그런 것을 다 넘어서서 자기의 죽음을 바라보는 노인의 마음을 따사롭게 감싸주고 있다. 그리고 나아가서는 자신의 장차의 죽음까지도 조용하게 관조한다. 눈물도 절망도 아닌 추운 현실의 따뜻한 긍정인 것이다. 현실의 긍정과 그것에 대한 애정, 이것이 인생에서나 수필이라는 글에서나 중요하다고 느껴진다.

인생이란 그것을 애착을 가지고 살피지 않으면 사람에게 아픈 연타를 가해오는 짓궂은 속성을 갖고 있는 모양이다. 그러니 아무리 자기의 처지가 처랑해도 운명은 사랑하지 않으면 안 되는 것이다. 도시를 멸시하면 자꾸 틀린 버스를 타게 되고 초라한 가구 집기를 우습게 알고 방치하면 쓰던 물건들이 모습을 감추어 약이 오르게 되고, 가정을 소홀히 여겨 사랑하지 않으면 안식처에 찬바람이 돌고 …… 참 비위가 상하는 일이지만 우리는 인생을 사랑하지 않을 수 없는데 그러자면 지난날의 상처나 분노 역시 다독거리고 받아들이고 하지 않을 수 없게 된다.

박연구 씨도 앞서 낸 책들 속에, 젊었을 때 눈부시게 등을 돌려버린 K양과 병영생활을 할 때 사귄 R양에 대해서 많이 썼다. 그래서 우리는 박연구 문학을 이룩하게 한 그 K양과 R양을 기념해야 한다고 생각한다. 나 같으면 떠나간 여자들에게 원망과 비애의 말이나 뇌까릴지언정 박연구 씨처럼 그렇듯 수없는 꽃다발을 바칠 수는 도저히 없을 것이다. 하지만 박연구 씨는 그녀들을 끝까지 찬미한 덕분에 자기의 인생을 미워하지 않게 되고 가정에서도 아늑한 평화를 누리게 된 것이 아닌가 생각된다.

이제 박연구 씨의 글에는 K양이나 R양 대신 '아내' 가 여주인공으로 자리를 잡게 된 것 같다. 동경의 글에서 현실 긍정의 글로 바뀌어 간 것이라고 할까.

우리네 인생살이는 누구에게나 춥고 어두운 구석이 있다. 박연구 수필의 묘미는 어두운 구석을 초탈하여 따사롭게 바라보고 숨어 있는 의의를 찾는 데 있는 것 같다. 그는 수정같이 맑은 렌즈로 생활의 구석구석을 살피며(아마 그런 관찰력을 가지고 텔레비전 드라마를 쓴다면 히트작이 연달아 쏟아져 나오겠지만) 애정 어린 예지로써 바라보고 있다.

우리는 살아가면서 속이 상할 때가 있더라도 그의 글을 읽으면 거기에 따사로운 햇볕을 느끼게 되어 즐겁다.

바보네 가게

우리 집 근처에는 식료품 가게가 세 군데 있다. 그런데, 유독 '바보네 가게'로만 손님이 몰렸다.

'바보네 가게' 어쩐지 이름이 좋았다. 그 가게에서 물건을 사면 쌀 것 같이만 생각되었다. 말하자면 각쟁이 같은 인상이 없기 때문에, 똑같은 값을 주고 샀을지라도 싸게 산 듯한 기분을 맛볼 수 있었다.

나는 아내에게 어째서 '바보네 가게'라고 부르는가고 물어보았다. 지금 가게주인보다 먼저 있었던 주인의 집에 바보가 있었기 때문에 다들 그렇게 불러오고 있었는데, 지금의 주인 역시 그 이름을 싫지 않게 여기고 있다는 것이다. 그 집에서는 콩나물 같은 건 하나도 이윤을 보지 않고 딴 가게보다 훨씬 싸게 주어버려 다른 물건도 으레 싸게 팔겠거니 싶은 인상을 주고 있다는 거다.

어느 작가의 단편 〈상지대商地帶〉의 이야기가 생각난다. 똑같은 규모의 두 가게가 마주 대하고 있는데, 계산에 밝은 인상의 똑똑한 주인의 가게는 파리만 날리고 바보스럽게 보이는 주인의 가게는 손님이 많아 장사가 잘되었다. 도대체 그 이유가 무엇일까?

바보. 주인의 상술인즉 이러했다. 일부러 말도 바보스럽게 하면서 행동을 하면 손님들이 멍텅구리라 물건을 싸게 주겠거니 하고 모여든다는 것이다. 사람마다 자기가 똑똑하다는 걸 인식할 때 매우 만족스럽게 생각한다는 심리를 역으로 이용한 거다.

바보와 비슷한 이름이 여러 개 있다. '멍텅구리 상점', '돼지 저금통', '곰 선생' ― 이 얼마나 구수하고 미소를 자아내는 이름들인가.

'멍텅구리 상점'은 '바보네 가게'와 비슷하니 설명을 생략하고 '돼지 저금통'과 '곰 선생'을 이야기해보자.

우리 집에 돼지 저금통이 몇 개 있다. 돼지꿈을 꾸면 재수가 좋다는 말도 있듯이 집에서 남자 아이들을 흔히 애칭으로 '돼지'라고 부르는 걸 볼 수 있다. 돼지는 아무거나 잘 먹는 소탈한 성품이어서 자손이 귀한 집 아들 이름을 돼지라고 하는 수가 있다.

우리 아이들은 내가 신발 닦은 값이라도 주면 눈 꼬리가 길게 웃고 있는 돼지 저금통 안에 넣어주고 싶은 모양이다. 내 아내도 50원짜리 은전을 꼭꼭 자기 돼지 저금통에 넣어오고 있다. 그래서 나는 50원짜리 은전이 생

기면 퇴근 후에 윗옷을 받아드는 아내의 손바닥에 한 닢
혹은 두 닢을 놓아주는 것이 즐거움의 하나가 되었다.

돼지를 미련한 짐승으로 보지만 그렇지만도 않다. 우
악스럽게 기운이 센 멧돼지가 힘을 내면 호랑이도 잡는
다. 아무리 영악스런 호랑이지만 멧돼지가 어느 순간을
보아 큰 나무나 바위에 대고 힘대로 밀어버리면 호랑이
는 영락없이 죽고 만다.

바보스런 웃음으로 우리 아이들과 내 아내의 동전과
은전을 주는 대로 삼킨 돼지 저금통이 어느 땐가 위력
을 부리면 급병이 난 식구를 구해줄 수도 있다고 믿어
질 때 더없이 애착이 간다.

누구나 학교 다닐 때 ‘곰 선생’ 이란 별명을 지닌 선
생님을 기억하고 있을 것이다. 우직스러운 듯하지만 한
없이 좋은 선생님이 아니던가. 그러나 이 선생님이 화
나면 그 어느 선생님보다도 무섭다.

곰은 절대로 미련한 짐승이 아니다. 둔한 동작으로
시냇물 속을 거닐다가 물고기가 나타나면 앞발을 번개
같이 놀려 잡아낸다. 파리채로 파리를 잡듯이 그 넓적
한 발바닥으로 물탕을 치는 동작이야말로 ‘곰’ 이 아니
라 하겠다.

친구를 사귈 때에도 너무 똑똑한 사람은 어쩐지 접근
하기가 망설여진다. 상대방에게서도 만만한 데가 보여

야 이쪽의 약점과 상쇄가 가능해서 허물없이 교분을 쌓을 수가 있는 법이다. 그런데 저쪽이 빈틈이 없는 사람이라면 항상 이쪽이 못난 놈으로만 비칠 것 같아 싫을 수밖에.

세상의 아내들도 조금 바보스럽거나 일부러라도 바보스럽기를 바라고 싶다. 이 말에 당장 화를 내실 분이 있을 듯하다. 어떤 못난 남자가 제 아내가 바보스럽기를 바랄 것이냐고. 옳은 말씀이다. 내가 말하려는 바보는 그런 통념의 바보가 아니다.

특히 남자들은 직장에서 항상 신경을 곤두세우고 있다. 바보 취급 받지 않으려고 노력하는 것이지만 경쟁의식은 노이로제 증상을 일으키고 열등감으로 피로가 겹친다. 이 샐러리맨이 가정에 돌아가면 또 아내라는 사람에게 신경을 써야 한다. 연탄값, 쌀값, 학비, 의복비 등 수없는 청구서를 내밀면서 지난달에도 얼마가 적자인데 언제까지고 이 모양 이 꼴로 살아야 하느냐고 따지면 무능한 가장은 더욱 피로가 겹친다. 쉴 곳이 없다. 이런 경제능력 말고도 똑똑한 아내에게 이론에 있어서 달리면 열등 콤플렉스가 되어 엉뚱한 짓을 저지르기 쉽다.

내 생각으로는 대부분의 우리 아내들이 짐짓 바보인 척하는 것 같다. 유행에 둔감한 척 의상비를 자주 청구

하지 않는 것은 남편의 수입을 고려함이요, 무슨 일로 기분이 상했는지 대포 몇 잔에 호기를 부리고 대문을 두드리면 영웅 대접하듯 맞아들이는 매너야말로 활력의 '충전充電' 바로 그것이라 하겠다.

어쩌면 내 집이 바로 '바보네 가게'가 아닌가 한다. 돈은 물론 무엇이든 부족하게 주는 나에게 반대급부가 너무 융숭하기 때문이다. 여섯 살짜리 막내 딸아이는 10원만 주어도 아빠에게 뽀뽀를 해주고 그리고 또…….

(1973)

초상화

어느 날 아내와 같이 육교 위를 지나다가 아버지에게 드릴 선물을 하나 샀다. 아내가 옆구리를 툭 건드리면서 저거 하나 사자고 해서 돌아보았더니 손톱깎이, 주머니칼, 구두주걱 등을 길바닥에 놓고 파는 가운데 대나무로 만든 등긁이(노인들이 등을 긁는 데 쓰는 기구인데, '효자손' 이라고도 말함)가 있었던 것이다.

나는 지금까지 그런 것들을 예사로 보아왔던 것이다. 확실히 여자들의 눈은 자상한 데가 있다.

아내는 시장에 다녀오면서도 으레 아버지 드릴 과일 같은 걸 사왔다. 언젠가는 아버지 방에 들어서니까 향기로운 냄새가 확 풍기었다. 눈여겨보니 책상 위에 어린아이 머리통만큼 큰 유자油子가 한 개 놓여 있었다.

"어멈이 사다 놓더라."

이런 아버지의 말씀에서 나 자신이 조금은 효도했다는 생각이 들기도 했다.

사실 나로서는 직접적으로 아버지한데 어떤 효성을 표시할 수가 없었다. 설령 내가 생각해낼 일일지라도 아내를 통해서 표현해왔던 거다.

어려운 시집살이 얘기 중 이런 것이 생각난다.

나막신 신고 외벽을 탈 테냐, 홀시아버지를 모실 테냐고 물으면 대부분의 여자들은 전자를 택하겠다고 답한다는 것이다. 홀시아버지를 모신다는 일이 얼마나 어려운 것인가는 설명이 필요치 않다.

나의 어머니는 10년 전에 신장염으로 돌아가셨다. 그 후로 나는 아내로 하여금 딸도 없는 우리 아버지를 친아버지처럼 모시도록 당부를 하였지만 마음은 항상 송구스럽기만 했다.

면환(免鰥: 홀아비가 재혼하는 것)을 해드렸어야 자식된 도리라는 것쯤은 모르지 않았지만 건강이 나쁘신 분에게는 그 길만이 효성이 아닌 줄로 알아 오늘에 이르고 말았다. 칠순이 다 되신 아버지는 이제 가실 날만 예비하시는 모습으로 일요일이면 교회에 다녀오시는 것이 유일한 낙이 되신 것처럼 보였다.

나는 우리 아이들에게 할머니의 모습을 사진으로 인식시켜주려 했지만 헛수고에 그칠 수밖에 없었다. 생전에 사진이라고는 도무지 찍으려 하지 않으셨기 때문에 독사진 하나 없고 다만 여러 사람과 함께 찍힌 카메라 사진은 몇 장 있었지만 녹두알 크기의 어머니 모습을 도저히 아이들에게 인식시킬 재간이 없었다.

어머니의 유품에서 겨우 도민증 사진을 발견할 수 있었다. 지금의 주민등록증처럼 비닐 케이스에 들어 있지 않던 것이라 모습을 선명하게 알아볼 수 없을 만큼 구겨진 것이지만 퍽 소중하게 여겨졌다.

지난해의 일이다.

나는 어느 잡지에 쓴 수필 원고료를 받아 넣고 나오는 길에 광화문에 있는 어느 초상화집에 들러 어머니의 초상화를 부탁했다. 내가 굳이 원고료를 가지고 어머니의 초상화를 맡긴 데는 이유가 있다.

군에서 제대하고 나와 취직도 못 하고 밤늦도록 원고를 쓰고 있자니까 옆에 계신 어머니가 그걸 써내면 돈이 되어 나오느냐고 물으셨다. 나는 고개만 끄덕여서 그렇다고 대답해 드렸던 것인데, 그 글이 발표되기도 전에 53세밖에 아니 되신 연세로 이승을 떠나버리신 일이 뼈에 사무치게 되었다. 글이라고는 '개조심'[猛犬注意] 정도밖에 해득을 못 하시는 어머니가 아들들의 학비를 보태신다고 남의 문전을 기웃거리는 행상의 고달픈 하루하루를 보내시다가 그리 되신 것이다. 더욱이나 문학이 무엇인지는 전혀 짐작도 못 하시면서 그저 대단한 것으로 여기시고, 거기에다 돈(원고료)이 나온다는 사실에 그토록 대견스럽게 아셨던 어머니에게 언젠가는 한 권의 책으로 내어 그분의 영전에 바칠 생각을 하고 있다.

초상화를 찾아다가 우리 아이들에게 보이면서 할머니라고 일렀더니 여섯 살 막내가 할머니 아니라고 했다. 도민증을 발급받기 위해 찍었던 작은 사진이라 45세 되시던 때의 모습인 만큼 아이들 눈에는 할머니라는 이미지가 부각되지 않는 모양이었다.

나는 어머니의 초상화를 아버지 방에 걸어드렸다. 보시고 또 보시더니 고개를 좌우로 흔드시면서 "틀리다!"라고 하셨다.

이처럼 자식으로서 듣기 거북한 말씀이 어디 있으랴. 돌아가신 어머니를 어떻게 아버지 앞에 부활하시도록 해드린단 말인가.

구겨진 도민증 사진을 그렸는데 도저히 똑같게는 재생시킬 수가 없음은 너무도 당연하다. 사실 선명하게 찍힌 사진이 있어서 그와 똑같게 초상화를 그렸다고 해도 아버지는 "틀리다!"라고 말씀하셨을 것이다. 돌아가신 어머니가 다시 살아오시는 기적이 이뤄지지 않는 한 아버지는 여전히 "틀리다?"라고 하시리라.

많지 않은 돈을 주고 산 등롥이였지만 이번에도 아내

를 시켜 아버지한테 드리도록 했다.

저녁에 자리끼를 들고 아버지 방에 건너갔다가 돌아온 아내가 즐거운 표정을 지었다.

그러잖아도 하나 있었으면 해서 찾아보았지만 구할 수가 없었는데 네 눈에는 그것이 보이더냐고 무척 좋아하시더라고 전했다.

"틀리다!"라고 섭섭해 하시기도 했건만 어머니 초상화가 들어 있는 사진틀에는 먼지 하나 없이 항상 말끔하게 닦여 있었다. 유복녀로 자라 어린 나이에 시집와서 가난한 집 살림살이를 꾸려가느라 고생만 하다가 돌아가신 어머니 생각이 문득문득 나실 때마다 아버지는 사진틀을 내려서 없는 먼지도 닦고닦고 하신 것 같았다.

(1973)

변소고便所考

변소가 없는 집에서 사는 것처럼 불편한 생활도 없을 줄 안다. 변두리로만 돌다 보니 결국은 수재민 정착지라는 P동에 셋방을 얻었는데 변소가 없다. 변소 하나 용납을 못할 만큼 좁은 땅을 분배해주었던 까닭에 공중변소를 이용하게 마련이었다.

이곳 사람들은 먹어야 하는 일도 걱정스러웠지만 또 그것을 배설해야 하는 일도 고역스러운 것이 아닐 수 없었다. 대개들 아침에 일어나면 먼저 들러야 하는 곳이 변소인지라 그 무렵의 공중변소 주변은 그야말로 진풍경을 이룬다.

이른바 '화장실'이라야 어울리는 '신사', '숙녀'의 구별이 되어 있지만 지켜질 일이 못된다. 남녀노소 할 것 없이 한 줄로 서서 차례를 기다려야만 된다. 평소에도 미장원을 잘 모르고 사는 빈민가의 여인들이라 머리를 매만지지도 않고 그냥 나온 까닭에 그런 여자 뒤에라도 서게 되는 아침이면 그날 하루 기분은 잡치게 마련이다. 시아버지와 며느리가 섞여 서서 기다리는 때도 없지 않을 것이지만 어쩌다 부부간에라도 변소 앞에서 같이 차례를 기다려야 하는 것처럼 쑥스러운 일도 흔하지 않을 것이다.

나는 이러한 고역을 면하기 위해서 사무실에 나가 변을 보려고 시도해 왔으나 여의치 못했다. 꼭 식전에 다녀와야만 밥맛이 나는 습관을 고칠 수가 없었다. 형식으로라도 한 번 다녀와야만 시원했다.

그런데 근래에 나는 변비증이 생겨서 더욱 고난을 겪는다. 한 번씩 배변을 하려면 분만을 쉽게 하는 여자보다도 고생을 한다. 그러자니 용변 시간이 길 수밖에 없는데 바깥에서는 빨리 나오라고 성급한 여자는 문짝을 쾅쾅 치기까지 하는지라 일껏 배설되려던 것이 놀라서 그만 도로 들어가 버리는 수도 있다. 들어가 버린 그것은 나올 생각을 않고… 밖에서 발을 동동 구르는 것이 설사라도 난 모양이라 빨리 비켜 주어야 되겠는데, 그냥 나오자니 2원이 아까운 생각을 안 할 수가 없다.

시청 앞 지하상가 유료화장실이 10원 하는 것에 비하면 관리유지비로 받는다는 2원이 많다고 할 수는 없지만, 설사라도 났을 때 하루에 십여 번 출입하면서 몇 십 원을 주고 나면 아까운 생각이 아니 날 수가 없었다.

　어떤 때에는 차례를 기다리는 동안에 변의便意가 가
져버려서 그냥 돌아오기도 하지만 막상 '부춛돌' 돌에
앉았는데 변의가 사라지고 보면 낭패다. 배설을 하지
못했으니 2원을 물러달랄 수도 없는 일이고 무작정 다
시 변의가 있을 때까지 기다린다는 것도 안 될 말이라
그냥 추스르고 나오려면 꼭 어떤 승부에서 지고 난 것
처럼 기분이 언짢다. 차라리 거지아이에게 2원을 주었
으면 그런대로 적선을 했다는 의식이 있어서 개운한 것
이지만 분명코 용변 값으로 준 건데 배설 목적을 이루
지 못한 만큼 액면가치 이상으로 아까운 생각이 드는
것이다. 마치 어느 누가 창녀에게 갔다가 신겁(腎怯: 사
정하기 전에 음경이 위축되는 것)으로 뜻을 이루지 못하고
나올 적에 느낀 것에야 비유할 수는 없지만…….
　이곳의 공중변소야말로 변소便所로서는 실격이 아닐
수 없다. 아늑하고 편안함을 느껴야 명실공히 '변소' 이
거늘 절대로 편안치가 못하다.
　측상에서는 생각이 통일되어서 새로운 아이디어도
떠오르게 마련이다. 소설을 써가다가 막혔던 것이 변소
에 앉았을 동안 비로소 뚫리는 수도 있다. 어제 애인과
데이트를 하느라 결근을 했는데 오늘 상사에게 뭐라고
거짓말을 할 것인가의 아이디어도 측상에서 떠오르기
쉬운 것이다. 뿐만 아니라 독서의 장소로도 측상이 꼽

히고 있다.

그런데 불안하고 지저분한 공중변소에서야말로 아무리 시험공부에 쫓기는 학생이라 할지라도 책보기는 틀렸다.

생각도 통일이 안 될 뿐만 아니라 배설에만 정신이 쏠리는 것도 아니어서 자연히 앞에 보이는 낙서에 눈이 가게 마련이다. 대개는 유치한 춘화春畫투성이다. 여자의 음호陰戶 부분을 그려보는 것으로 해서 어떤 카타르시스를 하게 되는 것이다. 거기에 걸작은 "낙서는 '문하인'의 수치다"라는 낙서였다. 변소에 그린 춘화치고 잘된 것 없고 낙서치고 다 졸필이다. 정말 '문하인文下人'이 쓴 것이다.

내 고향에서는 변소를 측간廁間이라고도 한다. 부춧돌을 살펴보면 여자의 그것 같기야 하지만 하필이면 측廁자가 그런 의미에서 만들어졌는지는 모르겠다. 广를 '음호밑'이라고 일컫고 보면 말이다. 그리고 그 안에는 칙則자인 만큼 변소는 규칙적으로 들러야 한다는 신진대사의 원리를 의미한 것이라고 볼 수 있겠다.

또한 '정방淨房'이라고도 말한다. 배설물이 떨어지는 곳이 깨끗할 수가 없음에도 굳이 정방이라고 명명한 데는 아이러니컬하게 생각될 수도 있지만 사실은 깨끗해야 하는 곳이 변소다. 그런 뜻에서 '화장실'이란 말도 좋다. 정결한 식탁이라야만 소화가 잘되는 법이고 깨끗한 변소라야 제대로 배설이 가능한 것이다.

어쩌다 밤중에 변소를 가야 할 때처럼 심란스런 것도 없으리라. 그놈의 공중변소라는 것이 흡사 내가 입대해서 훈련을 받았던 군대변소 같은 느낌이 들어 더욱 질색이었다. 그때 우리 중대 사병 하나가 변소에서 자살을 했던 것이다. 그때부터 공중변소 같은 데서 밤에 용변을 하려면 꼭 측귀廁鬼가 내 발을 잡아내릴 것 같은 무서움이 들기도 했다.

나는 변비를 치료해보려고 약을 써왔지만 그때뿐이고 마찬가지였다. 나의 아버지가 오랫동안 그로해서 고생하고 있는데 내가 그렇게 된 것이다.

경제적 불안정을 겁내는 사람은 축재蓄財 콤플렉스로해서 변비 증상을 일으키게 된다는 말이 있지만, 내가 바로 그런 경우라고 생각하고 싶지는 않다.

어느 해인가 나는 미군 영내에서 보았던 변소가 상기되었다. 미군들은 기상하자 세면도구를 들고 화장실로 갔다. '렛츄린'이라고 말하는 영내 화장실은 세면대와 변기가 벽 하나 사이를 두고 있었다. 칸막이도 없는 변기를 타고 앉은 그들은 역시 용변 중인 옆의 동료와 잡담을 나누는가 하면 혼자서 신나게 노래를 부르는 사람도 있었다. 저들에게야 변비란 있을 수도 없을 것 같은 생각이 들었다.

다만 배설을 할 뿐이지 침실과 똑같은 분위기에서 개운하게 용변을 하고는 역시 노래를 부르면서 세면을 하고 돌아와서 즐거운 식탁을 맞는 그들이 나에게 선망을 금치 못하게 했다.

어느 날 나는 대단한 변의를 느낀 끝에 오래간만에 시원스런 통변을 해보았다. 얼마나 마음이 상쾌한지 몰랐다. 아마 권태기에 든 아내와의 그것에서 느끼는 쾌감보다 상위라고 하면 과장이랄 사람도 있을 것이다. 이때만은 공중변소가 퍽 고마운 존재로 여겨졌다. 지저분하다는 생각을 버려야 되겠다. 사실 이곳에서 공중변소처럼 좋은 일을 맡고 있는 곳도 없을 줄 안다. 그 많은 사람의 배설을 다 용납하고 있다. 심지어 벽에까지도 온갖 낙서를 해도 그것 또한 '심리적 배설'인 만큼 미소로 용납해주고 있다.

나는 공중변소를 어느 창부 같다고 생각해본다. 아내도 애인도 없는 사내들이 찾아와서 카타르시스를 하면 다소곳이 받아주고 또 기다리는 그러한 너그러운 창부 말이다. 어느 땐가는 그들이 자기만의 애인이나 아내를 찾아 떠나가기를 기도하는 자세로 있는 것이다.

(1969)

곳됴코 여름하나니
─ 꽃도 좋고 열매도 풍부하나니 ─

어느 날 K대학교 정문을 들어서자 영산홍 한 무더기가 온통 불이 붙은 듯 활짝 핀 것을 보고 조화造花가 아닌가 싶어 가까이 가서 본 일이 있다. 왠지 나는 이렇게 너무 흐드러지게 핀 꽃 앞에 서면 슬퍼지는 버릇이 있기 때문이다. 꽃을 싫어하는 사람도 있을까마는 내 생애를 돌이켜볼 때 언제 이처럼 호화찬란하게 만개했던 꽃 시절이 있었던가 싶게 지지리도 못난 인생이어서 그렇다.

꽃에는 여러 모양이 있다. 영산홍, 진달래, 장미처럼 화려한 의상을 뽐내는 꽃이 있는가 하면 배꽃, 사과꽃, 감꽃처럼 그 꽃 자체는 보잘것 없지만 소담한 열매를 맺어주는 꽃이 있다.

라일락은 사랑받는 이름에 비해서 꽃은 볼품이 없지만 그 향기가 일품이고, 모란을 화중왕花中王이라 하건만 향기가 없어 벌나비가 모이지 않으니 조화에 가깝다 하겠다.

오래 피는 꽃일수록 화려하지 못하고 보기 좋은 꽃은 쉬이 지는데 그 모양은 미녀의 말로처럼 추하다.

반개半開한 연꽃은 사람에 비유하면 이제 막 꽃망울을 트려고 아침 햇살에 미소 짓는 열여덟 처녀라고 할 수 있으리라. 활짝 피어버리면 그 다음 시들게 마련이기 때문에 호화판 잔치 끝의 쓸쓸함처럼 불안한 그늘이 예상되지만, 반쯤 핀 꽃봉오리는 어느 여인의 미소처럼 사랑스럽기만 하다.

깔깔거리고 웃는 것은 천박스럽게 보이기 쉬워도 그녀의 은근한 미소는 은은한 향기처럼 언제까지나 그 사람을 행복감에 젖도록 한다. 예쁘지 않은 여자를 아내로 삼고 싶다는 남자도 있는지 모르겠다. 혹시 그런 사람이 있다고 하면 그는 틀림없이 그녀의 은근스런 미소에 반했을 것이다.

유실수有實樹의 꽃은 곱지 못하다. 마찬가지 이유로 아내는 채실용採實用이기 때문에 얼굴만 보고 택할 일이 아니다. 미녀라고 채실용이 못 되라는 법은 없지만 뛰어난 미모의 주인공은 관상용觀賞用이 되기 쉽지 않던가. 관상용의 화초는 열매를 맺지 못한다.

꽃은 어느 것이나 다 아름답다. 자연이 준 그 품성 그대로 열심히 자기의 아름다움을 꽃피우면 그것으로 족하다. 다만 자연이 자기에게 맡겨준 소임이 무엇인 줄을 모를 때 아름답지 못할 뿐이다. 모양이 예쁜 꽃은 그것대로, 향기가 좋은 꽃은 또 그것으로, 열매가 목적인 꽃은 거기에 만족하고 사는 것이리라.

그런데 꽃도 아름답고 열매도 소담스러우면 더없이 좋을 것이다.

하지만 꽃을 보는 눈은 다분히 주관적이라 하겠다. 사랑스런 당신의 아내가 바로 '곳됴코 여름하나니' 어찌 행복하지 않을소냐.

(1973)

변두리 다방

일요일이 되면 무료한 시간을 어떻게 메울 것인가 고민 아닌 고민을 하게 된다. 도무지 취미라고는 없는 사람이어서인지 일요일 아침을 먹고 나면 할일을 생각하느라 멍하니 한참을 앉아 있게 마련이다. 담배도 피우지 않고 초점없는 동공을 하고 앉아 있는 모습은 내가 여자라고 해도 그런 남자야말로 참 매력 없이 보였을 것이다. 그런데 아내는 도무지 어떻다고 말을 하지 않는다. 원래가 활동적이 아닌 사람인데다 주머니 사정이 좋을 때가 없는 위인에게 아이들로서도 어디 놀이를 가자고 제의하면 괜히 약을 올리기 위해 하는 소리로 오해받을까 싶어서인지 나하는 대로 보고 있을 따름이다.

그런데 요즘 나는 일요일이면 으레 우리 동네의 S다방을 들르고 있다. 누구와 약속이 있다거니와 하다못해 그 다방에 있는 레지 아가씨 한 사람이라도 보고 싶어서 찾아가는 것은 아니다. 초등학교 1학년짜리 딸아이의 손을 잡고 산책삼아 다방에 들렀다가 차 한 잔 하고 돌아오면 일요일 내내 방구석에만 처박혀 지낸 것만은 아니라는 자위를 지닐 수도 있거니와 하루에 커피를 딱 한 잔 해야 하는 습관을 때울 수 있었기 때문이다.

위장병에 해롭다는 커피를 하는 수 없이 들게 되는 것은 몸이 찌뿌드드하고 정신이 멍한 것이 커피를 들고 나면 한층 몸의 컨디션이 나아지는 것 같아서다. 이런 이유로 계속 하루 한두 잔씩은 마시게 되니까 커피 맛에도 끌리게 되어 출근해서 한 잔 마시는 것이 버릇처럼 돼버렸다. 찻잔을 나르는 아가씨의 예쁜 미소를 아침 인사로 받으며 커피 잔을 들었을 때 카페올의 향기가 먼저 내 코끝을 스치게 마련이다. 커피 맛을 잘 아는 사람이라면 그때의 향기만 맡고도 그 다방의 커피 맛을 점쳐버릴 수 있을 것이다.

변두리는 어디나 마찬가지겠지만 우리 마을에도 훤칠한 다방 하나가 없고 그저 그만그만한 시설이다. 의자도 낡았고 레지 아가씨도 하나같이 덜 예쁜 아이들뿐이다. 벽에 걸린 그림이나 사진들도 유치한 것들뿐이고 또한 '쌍삼차', '오미자차', '과향차', '컴프리차' 등의 인쇄 표지標識가 대폿집 기둥에 붙여진 안주 이름처럼 무질서하게 부착되어 있었다.

그런데도 나는 우리 마을 다방에 들르면 그렇게 마음

이 한가하고 편안할 수가 없다. 복사판 신선도神仙圖를 바라 보노라면 내가 마치 그림의 신선이 된 것 같고, 해질녘 소를 몰고 돌아오는 농부가 그려진 풍경화에 눈이 갔을 때엔 그 나름의 향수에 젖는다

타이밍을 맞추기라도 하려는 듯 빈 찻그릇을 챙기고 돌아서 가는 레지 아가씨의 뒷모습에서 고향의 순박한 누이들의 모습을 떠올리게도 된다. 그런 선입감으로 보아 그러는지 몰라도 변두리 다방 아가씨들의 말씨에서 지방 사투리를 많이 들을 수 있었다.

사실 나는 서울에서 꽤 오래 살았으면서도 내 고장 사투리를 쓰고 있다. 말은 물론 무슨 짓이거나 아직도 촌놈 태를 벗지 못한 것이다. 자꾸만 무엇에 밀려나는 느낌을 받는다. 그럴수록 소외감을 맛보게 되고 그 어떤 휴식처를 갈구하게 마련이다.

나는 이런 소외감과 실패감을 수필이란 형식을 빌어 형상화 작업을 해왔다고도 볼 수 있다. 그러기에 나는 내 문학을 '재래종 문학'으로 자처하고 싶다. 마치 다방에 걸린 치기스런 그림들처럼 비록 미술적 가치로는 어떻더라도 나는 나의 촌놈 문학을 사랑할 따름이다.

이발소에는 일주일에 한 번씩 들르면 단골이라고 말할 수 있다. 하지만 다방의 경우는 일주일에 한 번씩 들르는 것으로야 단골 대접을 받지 못한다. 그러니까 마

담이 내게 친절한 미소를 주지 않는다고 해서 하나도 섭섭할 것이 없다. 다만 내 딸아이에게 밀크 한 잔 사주고 그것을 맛있게 마시는 귀여운 모습을 바라보는 것이 더없이 즐거울 뿐이다. 이때 레지 아가씨가 "참 예쁘게 생겼구나. 몇 살이지?" 하고 우리 아이에게 관심을 보이면 고슴도치 같은 생각이 없지 않아 기분이 좋다.

변두리에는 큰 기업체나 관공서가 적기 때문에 다방에 드나드는 손님들도 별로 바쁜 것같이 보이지 않는다. 더욱이나 일요일의 손님들은 나처럼 긴요한 용무도 없이 들른 사람들이라 레지하고 농담이나 건네고 시간을 보내는 풍경을 볼 수 있다.

나는 이발은 반드시 동네 이발소에 가서 한다. 그러나 다방만은 직장 근처를 이용하게 마련인데, 일요일만이라도 동네 다방에 들러 차 한 잔 팔아주는 것이 한 마을 사는 정이 아닌가 싶어서다. 다방 분위기가 시내 번화가의 그것과 달라 마음에 들었다. 마치 내 고향에 있는 다방에 앉은 듯한 아늑한 맛을 느낀다.

10여 년 전 나는 위장병으로 향리에서 요양한답시고 문학서적이나 읽고 지방지에 글을 좀 발표하며 지낸 때가 있었다. 그런 경력으로도 그 고장에서는 문인 대접을 받을 수 있었는지 문학소녀였던 S양이 나를 만나자고 해서 가끔 읍내 다방까지 나가게 되었다. 문학을 지망하려는 아가씨 치고는 너무 똑똑하게 생겼고 그만하면 미모의 소유자여서 만나는 일이 과히 싫지 않았다. 이 아가씨와 읍내 거리를 같이 걸어가면 인사하는 남자가 많았다. 몸이 아파서 몰골은 초췌하게 보였겠지만 적어도 그들 눈에는 내가 이 아가씨와 가끔 데이트를 할 만큼 어떤 무엇을 지닌 소유자로 보였을 것이다. 어떻든 무슨 긍지가 없고는 작가로 성공하기 어렵지 않겠는가 싶다.

비단 다방에 한한 얘기는 아니지만 변두리일수록 상호가 훌륭하다. '현대', '제일', '파리', '이태리' 등의 이름은 마치나 골목길에서 볼 수 있는 '참새구이 센타'라고 씌어진 포장마차의 애교와는 달라서 약간 비위가 안 맞는다(S다방 이름만은 소박한 상호지만) .

특별히 어느 아가씨에게 관심 가졌던 바는 없을지라도 지난 일요일에 본 레지가 이번 일요일에 들렀을 때 안 보일 때는 조금 섭섭한 생각도 든다. 유독 전라도 사투리를 쓰던 아가씨였는데 이젠 시내 번화가 다방으로 발전해 갔는지도 모른다. 더 지나면 사투리도 가셔지고 손님을 대하는 매너도 세련되겠지.

내 욕심 같아서는 순박하기가 시골 누이 같은 그 레지 아가씨가 사투리도 고치지 말고 S다방에서만 있어주었으면 했는데…….

문득 저켠 벽을 바라보니 어느 시골 과원果園 옆을 달

리는 디젤 기관차를 찍은 사진이 걸려 있다. 그 아가씨도 고향 생각이 울컥 치밀어 그만 도로 내려가 버렸는지도 모른다는 생각을 해보았다.

이런 데 있는 아가씨들은 대개 곡절이 없지 않다. 아버지가 병석에 눕게 되자 약값을 보태려고 집을 떠나온 갸륵한 효심이거나 아니면 홀어머니 밑에서 남동생의 학비를 대려고 결심한 나머지 다방 종업원이 된 고운 마음씨의 아가씨도 있을 것이다.

정말 직업에는 귀천이 없어야 한다. 다방 레지가 된 것을 부끄럽게 생각하고 스스로의 위치를 비하하고 있다면 그 여자는 사람들에게서 경멸을 받아 마땅하다. 반면에 자신의 직업을 떳떳하게 여기고 열심히 일을 하는 아가씨야말로 더없이 아름답고 훌륭하게 보이지 않을 수 없다. 만일 이런 아가씨를 얕잡아보고 무시하는 태도를 취하는 손님이 있다면 그가 어떤 사회적 직위를 지녔든 인격적으로 대우받기는 틀린 위인이 아닐까.

너무 오래 앉아 있으면 눈총받기 십상이다. 딸아이의 손을 잡아 일으켜서 S다방을 나서는데 카운터 뒤 벽에 걸린 태극기가 눈에 띄었다. 관공서도 아닌 곳에 태극기가 걸린 것이 약간 어색하긴 해도 변두리 다방에서가 아니면 보기 어려운 풍경에서 무언가 내게 일러주는 뜻이 있었다.　　　　　　　　　　　　　　　　　　(1974)

부수負數 인생

　입학시험이나 취직시험에서 16대 1로 합격을 했다면 칭찬도 들을 만하다고 보겠다. 그와는 유類를 달리해서 나는 16대 1의 기록을 냈으니 이른바 4연타四連打의 득녀기록得女記錄이다. 당신 재주 참 용하다고 치하도 받을 만하지 않은가. 말하자면 연속 딸만 넷을 낳는 경우는 16분의 1의 비율로 어렵다는 얘기다. 어찌 생각하면 지독히도 재주 없는 사람인지도 모른다. 아들을 정수正數로 치면 딸은 분명 부수다. 어느 승부에서 연속 네 번이나 패했다면 아예 그 사람은 더는 시합할 생각을 말아야 한다. 자녀를 두는 일도 일종의 도박이라고 하면 어폐가 있을지 모르겠으나 마음대로 못하고 늘상 결과에 희비喜悲를 거는 것이니까 일리 있다고 보겠다. 설령 첫 번에 부수인 딸을 보았다고 할지라도 다음에는 꼭 아들이겠지 싶은 기대를 걸고 표를 떼어보는 것이 아니겠는가.

나는 워낙 도박엔 소질이 없었다. 번번이 잃기만 하기 때문에 하다못해 먹기내기 화투놀이도 피한다.

그냥 내가 사 내면 생색이라도 내는 걸 화투해서 졌기 까닭에 사낸다고 함은 절대로 유쾌할 수가 없는 일이었기 때문이다.

애 낳는 일이야 도박과는 다르겠지 싶고 또한 나 혼자만의 태도 결정이 아닌 이상 연속 적자赤字는 아니겠지 하는 막연한 생각이 딸만 넷을 뽑고 보니까 무엇이 잘못된 성만 싶다.

아들이 꼭 있어야 하겠다는 것은 아니지만 하나도 없으니까 어쩐지 허전하게만 느껴진다. 뿐만 아니라 남자로서 체통이 안 선다. 물론 농담이겠지만 친구들이 나를 보고 훈련소에서 사격 불합격으로 기합깨나 받았을 거라고 놀려댄다. 더욱이나 모 잡지에 어느 주부가 쓴 체험기는 불쾌하기까지 했다.

"나에겐 두 딸과 한 아들이 있는데 두 딸을 임신했을 무렵 나 스스로 남편보다 적극적이었다는 것을 살짝 공개한다. 아들의 경우는 그 반대 현상이었고."

어디에 과학적인 근거를 두고 함부로 공개했는지 그녀의 용기도 가상하다고 생각된다.

유감스럽게도 나는 이상의 두 가지 얘기에서 반론을 들고 나설 충분한 이론을 갖추지 못하고 있으나 정력과

이들의 함수관계에 대해서는 석연치 않다. 다만 공교롭게도 플레이 보이였던 러시아의 문호 푸슈킨이 명사수였다는 사실에 대해서는 점두點頭를 아니치 못한다. 푸슈킨은 정부情婦의 남편들로부터 네 차례나 결투 신청을 받았지만 그때마다 상대방을 쓰러뜨렸다고 한다. 결국 그도 자기 아내의 정부에게 결투 신청을 했다가 두 발의 총탄을 맞고 이틀 후에 숨을 거두었다고 하지만, 그가 아들이 있었는지의 여부는 모르겠다.

　나는 길거리에 다니면서도 초등학교나 중학교에 다니는 남자 아이들을 예사로 보지 않는다. 모자를 삐딱하게 쓰고 개구쟁이같이 생긴 놈을 만날 때에는 저 녀석이 어찌 내게 인사를 하지 않을까 하고 착각을 일으킬 때도 있었다.

　한번은 다섯 살이나 됐을까 싶은 놈이 참 잘생겼기에 머리를 쓰다듬어주면서 "너, 내 아들 하자" 했더니, 장난감 자동차를 굴리다 말고 "개새끼!" 하는 것이었다.

　아들 선호의 나라인 만큼 딸을 낳는 것을 누구나 못마땅하게 여기는 모양이다. 그러기에 이런 얘기도 있다. 첫딸을 낳으니까 '의일宜一' 이라고 이름을 지었다. 아마도 첫딸은 살림 밑천이라고 생각해서 마땅하게 여긴 모양이었으나 둘째도 딸이자 거부반응을 보이기 시작한 거다. 계속해서 딸만 낳자 이름을 '혹이惑二', '우삼우又三’, ‘과사過四’, ‘노오怒五’, ‘경육驚六’, ‘읍칠泣七’ 이라고 지었다는 것이다.

또 하나의 얘기로는 첫딸부터 신통치 않게 생각하고 아예 이름까지 사내를 뜻하는 ‘남일男一’ 이라고 지었다는 것이다. 다음엔 꼭 아들을 낳게 해달라는 소원을 외면한 조물주가 둘째도 딸을 주었을 때 제발 딸을 고만 낳게 해달라고 ‘절이絶二’라고 이름을 지었다. 셋째가 ‘비삼悲三’ 그리고 넷째의 이름이 유머러스하다. 이거 참 기막히고 우스운 노릇이라고 해서 ‘소사笑四’라고 작명한 것이다. 다음이 치오恥五’, 괴육怪六’ 이고 일곱째 아이마저 딸이자 이거 망했구나 싶어 ‘망칠亡七’ 이라고 지었다. 나는 지금의 넷에서 주춤거리지 않을 수 없다. 다음엔 아들을 낳을 것이라고 가정을 해도 선뜻 내키지 않는다. 넷도 내겐 감당키 어렵거늘 다섯을 어떻게 기를 수 있단 말인가.

넷째 아이가 네 살이나 되니까 아내는 사뭇 초조한 모양이었다. 브레이크를 풀고 제발 아들 하나만 낳게 해달라고 애원하는 표정을 읽을 때마다 우울해지는 것이었다. 인간의 능력으로는 어떻게도 못하는 조물주의 섭리인 것을 날 보고 어떻게 하라는 것인지……. ‘성통제학性統制學’ 인가 뭔가 하는 비법을 모르는 바는 아니로되 절대적으로 신빙할 수 없음에라 섣부른 짓을 시도

할 생각은 없었다. 사속嗣續은 반드시 아들이라야 된다는 한국적 통념이 야속스럽기만 했다. 아들과 살아도 며느리는 남의 자식이거늘 딸 데리고 살아도 50퍼센트 순수는 마찬가지 아니냔 말이다. 서양자婿養子 제도가 신민법엔 삽입된 거로 알고 있으나 겉보리 서 말만 있어도 처가살이 않는다는데, 더욱이나 재산 없는 내게 사위 양자 되겠다고 나설 청년이 있을 것 같지도 않고 보면 우울해지는 심정 어쩌지 못한다.

아버지는 대체로 딸을 더 귀여워한다고 볼 수도 있다. 반대로 어머니는 아들이 더 좋은 법인데 이런 점에서도 나는 아내에게 미안스러움을 금치 못하고 있다.

나는 사무실에서 여자들의 표를 못 얻고 있는 편이다. 남성적인 매력이 약에 쓰려고 해도 찾아볼 수 없는 모양으로, 말을 걸어보려고 하면 저쪽의 표정이 나를 실망시키곤 했던 것이다. 다른 것도 그랬지만 나는 유독 여성 앞에서 열등감을 느꼈다.

심신이 곤비困憊해서 집으로 돌아올라치면 우선 넷째 딸아이가 제일 반기는 것이다. 과자 봉지를 자주 안기는 아빠도 아닌데 온통 천하에 없는 아빠나 되는 듯이 좋아한다.

언젠가 기분도 울적하고 해서 술을 조금 마셨던 김에 값싼 과자를 한 봉지 사 들고 대문을 발길로 찼다(아차,

이 대목은 표현 착오임. 셋방살이 주제에 그럴 수는 없고 어쨌든 그와 같은 기분인데一). 그런데 딸들과 빈처貧妻가 더없이 반기는 것이 아닌가.

　아들이 소설이라고 하면 딸은 분명 수필이다. 아들이 선이 굵긴 해도 무뚝뚝해서 자상한 정은 딸만 못한다. 나는 부수 인생만 살고 있으니 문학도 부수 문학負數文學이랄 수 있는 수필을 택하게 된 모양이다.

(1970)

목화 이야기

옷이 날개란 말도 있지만 그 사람의 입성을 보면 어떤 계층인가를 쉬이 알아볼 수 있다. 그러니까 30년 전이 되는 것 같다. 내가 S중학교에 입학시험을 치던 날 서울 아이들이 내 옷주제를 보고는 너 시골에서 왔구나 하고 담박 알아보면서 얕보는 눈치를 보이는 것이었다.

8·15광복 직후여서 거의가 면직으로 된 옷을 입었다. 그러나 내가 입고 있는 옷은 면직이긴 하지만 어머니가 손수 베틀에서 짜신 거라 달랐다. 흰 무명실과 노란 무명실을 교대로 섞어 짠 '골베'라는 것이어서 무슨 천이냐고 일부러 물어보는 아이도 있었다. 쌀이 쌀나무에서 나는 것으로 아는 그들 눈에는 희한하게 보였던지 손을 대어 만져보기도 했다.

지금은 고향에 내려가도 베틀을 보기 힘들다. 목화는 재배하지만 이불솜이나 옷솜으로나 사용할 뿐 베는 짜지 않는다.

나는 가끔 사진첩을 꺼내어 중학교 시험을 치러고 상경해서 찍은 사진을 들여다본다. 그 무명베 학생복을 입고 찍은 사진을 볼 때마다 지금은 아니 계신 어머니를 생각하곤 콧날이 시큰해져 사진첩을 도로 가만히 덮어버린다.

어머니가 좋아하는 꽃은 목화木花였다. 장미처럼 아름다운 꽃은 아니지만 의식주衣食住의 첫째가 되는 의衣문제問題를 해결해주는 꽃이기에 우리 어머니뿐만 아니라 당시 농촌의 여인들은 거의가 목화를 좋은 꽃으로 쳤다. 씨를 심고 가꾸고 꽃이 피고 그 열매가 익어서 또 한 번 '꽃'이 핀 그 목화송이를 딸 때의 시골 여성들이 간직하는 고운 마음을 어찌 다 헤아릴 수 있으랴. 정혼定婚이 된 처녀는 오색 무늬의 황홀한 꿈을 수놓을 이불솜을 생각할 것이고 효성이 지극한 며느리는 시부모의 한복에 햇솜을 두둑이 넣어드릴 것을 작량하면서 정성을 들였을 게다.

농촌에서 어린 시절을 보낸 사람들은 다 마찬가지겠지만 나 역시 초등학교를 다닐 적만 해도 어머니가 손수 짜서 만든 베옷을 입었다. 그 옷은 비록 촌티가 역력했지만 겨울날 등짝에 감촉되는 뜨뜻한 솜저고리는 바로 어머니의 체온이었다. 그뿐만 아니라 밤새워 기워준 양말이나 내의, 바지 등 그 어느 것 하나라도 어머니의 손길이 미치지 않은 게 없었다.

그러니까 그때의 우리들은 단순히 옷을 입고 다닌 것이 아니라 어머니의 사랑을 입고 다닌 것이나 마찬가지였다.

또한 동심의 추억이 되는 애기로는 다래를 따먹던 일이다. '머루랑 다래랑 먹고'의 다래나무의 열매도 산골에서 자랐기 때문에 잊혀지지 않는 추억이라 하겠으나 여기서 말하고자 하는 것은 목화 다래다.

목화꽃이 피고 조금 지나면 다래가 맺는다. 성급한 아이들은 미처 크지도 않은 걸 따먹기도 하지만 이건 떠름해서 맛이 없다. 그렇다고 딴딴하게 된 다래는 면화綿花가 다 되어 솜을 씹는 격이라 깨물었다가는 그냥 뱉어버리게 된다. 그러면 어머니들은 목화 농사 버려놓는다고 야단을 치시곤 하였지만 우리들은 귀담아들으려 하지 않고 누구의 밭에서거나 다래를 따먹었다. 적당하게 여문 다래는 맛이 좋았다. 그래서 그즈음 농촌 소년들에게는 그것은 빼놓을 수 없는 군것질의 하나였다.

나일론 계통의 섬유가 개발되면서 우리의 의생활은 획기적인 변천을 거듭했다. 화학 섬유는 아주 질겨서 쉬이 떨어지지 않을 뿐더러 오늘날 양말을 기워신고 다니는 사람은 없을 정도로 편리해졌다.

한국의 섬유 공업은 국제 수준에 달했다는 걸 진즉 들어 알고 있거니와 베틀에서 짜낼 베옷 운운하는 건 시대를 역행하는 이야기인지도 모르겠다. 나 역시 질기지 못하고 쉬이 더러움을 타면서 모양 없는 베옷을 아이들에게 입힐 생각은 없다. 다만 민속촌에라도 데리고 가서 그애들의 할머니께서도 쓰신 물레와 베틀 등을 구경시켜주면서 그 과정을 들려주고 싶은 생각만은 가지고 있다.

지금은 그렇지만도 않지만 얼마 전까지만 해도 침선방적針線紡績 즉 바느질과 길쌈을 잘해야 좋은 며느리감으로 쳤다. 우리 어머니는 어린 나이에 시집을 오셨기 때문에 미처 베짜는 것을 몰라 할머니한테 배우게 되었는데, 눈썰미가 있어서 그냥 익히더라고 생전에 할머니께서 어머니 칭찬을 하시는 걸 여러 번 들었다. 어머니는 또 그 일을 내 아내에게 전수하시었다.

이처럼 여공女功은 면면이 전수되어 내려왔는데, 이는 아름다운 풍속도처럼 생각된다. 며느리가 시어머니한테서 베짜는 기술을 익혔다는 건 단순한 솜씨만 이어받은 것이 아니라 한국 여성이면 지녀야 하는 부덕婦德을 전수받는 의식儀式이라 하겠다. 어떠한 고난도 참고 견디어서 이웃에 부끄럽지 않은 가정으로 꾸려나가라는 가훈家訓이나 마찬가지다.

　사실 길쌈 과정을 생각하면 고개가 끄덕여질 것이다. 물레에서 실을 한바람 한바람 뽑아내면서나 베틀에서 한올 한올 짜가면서 여성만이 겪어야 하는 운명을 달래기도 하고 정을 수놓기도 하였으리라고 볼 때, 그 남편이고 아들인 것을 행복스럽게 생각하지 않을 수 없다.

　이제 내 아내가 딸이나 며느리에게 전통적인 여공을 전수할 필요는 없다고 해도 그 마음만은 그대로 연면連綿하게 이어졌으면 하는 아쉬운 생각을 금할 수 없다.

(1976)

화음

"세상에 저 혼자만 아들 낳았나!"

어느 신문의 '소식통'을 읽은 친구가 축하를 겸한 농담으로 한 말이다.

딸만 넷을 낳는다는 건 16대 1로 어려운 일이라고 말한 바도 있거니와 딸 넷을 낳고 아들을 두는 경우도 내 생각에는 굉장히 어려운 관문 통과가 아닌가 싶다.

텔레비전 광고 화면을 보면 "새로이 정신을 모아 — 싱싱한 순발력을!" 하고 외치면서 건장한 사나이가 알통이 나온 팔뚝으로 폼을 재고 활을 당겨 타깃(과녁)의 흑점黑點에 화살을 명중시켰을 때의 통쾌감을 맛보게 된다. 무슨 드링크를 마시면 그렇게 왕성한 힘이 솟는다고 하는 상혼商魂이긴 해도 마치나 내가 그 사나이였던 것처럼 신이 나서 여러 사람에게 보란 듯이 득남 소식을 알린 것이다.

틀림없이 훈련소에서 사격 불합격으로 기합깨나 받

았을 거라는 친구들의 놀림을 받고도 정력이 좋아야 아들 낳는다는 그릇된 속설 때문에 변명의 구실을 찾지 못해 전전긍긍했던 일이 상기되어 쾌재의 미소를 짓지 않고 어찌 견디겠는가. 내가 아들 낳았다는 소식을 듣고 재빨리 아기 옷을 사가지고 찾아준 L여사 말씀이 또 일품이었다. 내 수필집을 자기가 먼저 보고 언니를 빌려줬는데, 아무래도 저자가 스태미나가 부족한 것 같으니 집에 만들어둔 사주蛇酒를 갖다 주라더라나. 이제 아들을 낳으셨으니 그럴 필요도 없게 됐다기에, 하나 더 낳고 싶으니 그걸 달라고 한술 더 떠 보이기까지 한 것이 그렇게 유쾌할 수가 없었다.

지난번 아카데미 하우스에서 민족문학 심포지엄이 있을 때였다. 50이 넘은 문학평론가 C선생이 장난감 권총을 찬 꼬마를 데리고 왔기에 손자냐니까 아들이라 했다. 외아들이란 말을 듣고 점두點頭되는 바가 없지 않았다. 그래도 저 꼬마 아들이라도 있었기에 반백의 C선생에겐 심리적으로나마 상당한 어한禦寒이 될 것이 아니겠는가.

"이놈, 아빠를 에스코트하고 왔단 말이지."

무슨 말인지도 모르면서 초롱초롱한 눈이 나를 쏘아보았다. 아이가 쓴 모자에는 별이 네 개나 달려 있는 것이 아닌가.

(임마, 5년만 지나면 나도 너 같은 개구쟁이 대장 아들놈이 호위해줄 거다.)

앞서도 얘기했지만 언젠가 길에서 장난감 자동차를 굴리고 노는 아이에게 "너, 내 아들 하자" 했더니, "개새끼!" 하는 소리를 듣고 씁쓸하게 웃고 만 적이 생각나서 마치 그 아이에게나처럼 속으로 이렇게 C선생 아들놈에게 말해본 것이다.

작명료를 아끼지 않고 찬명장撰名狀을 받았는데 아기 이름이 '박치훈朴治勳'으로 돼 있었다. 일부러 성깔 있게 들릴 이름으로 원해서 작명한 것인데 부르기도 좋고 글자 뜻도 좋게 생각되었다. 곧바로 출생신고를 해서 2주 후에 호적등본을 떼어보니 딸 넷 이름 뒤에 아들아이 이름이 척 박혀 있는 게 그렇게 마음 든든할 수가 없었다.

호적등본을 안주머니에 넣고 길을 가다가 J형을 만났다.

"나 아들 낳았네."

깜짝 반가워하리라 싶었는데, 미소를 지으면서 J형이 말했다.

"이 사람아, 몇 번이나 그 얘기를 하는가?"

나는 속으로 뒤통수를 긁긴 했어도 멋쩍을 것까지야 없다는 생각이었다.

그런데 저녁에 집에 들어서자 아내가 안 좋은 안색을 하고 나를 쳐다보았다. 단순히 술을 마시고 들어왔다는 때문이 아닌 것 같았다. 실력 없는 술이지만 득남주 구 신로 요즈음은 자주 술을 마셨으니까.

꽃샘 기후 탓인지 아기가 병원에서 퇴원하고부터 감기 기운이 있었다. 약국에서도 너무 어리다고 약을 주지 않아 그대로 있다가 숨쉬는 게 아무래도 탈이 난 듯싶어 출산한 병원으로 갔다 한다. 거기서도 좀더 큰 병원으로 가보라고 해서 적십자병원 소아과 의사의 진찰을 받았는데 엄마의 혈액검사를 해봐야 알겠다고 하더라는 것이다.

아내의 심정을 알만도 했다. 나도 그녀 못지않게 조바심이 들었다. 내일이라야 혈액검사 결과를 알게 된다고 하니 말이다.

제발 큰 탈이 아니기를 빌었다. 뜬눈으로 갓난것을 지켜보면서 새었다. 내게 아들아이 하나를 준 것은 그지없이 고맙지만 이왕 준 바에야 튼튼하게 자라도록 해달라고 그 어떤 절대자에게 빌어 보고픈 심정이었다.

이튿날 의사도 출근하기 전에 병원을 찾아갔다. 다행히도 아내의 혈액검사 결과는 네거티브로 나와 있었다. 감기로 기관지가 약해졌다고 하는 말만 듣고도 안도의 숨이 쉬어졌다. 위로 딸들만 키우면서도 별로 병원을

모르고 지냈는데 모처럼 늦게 얻은 아들아이는 갓나서
부터 병원 출입인가 싶어 새삼스럽게 나의 지난날이 떠
올려졌다. 사실 나는 나면서부터 어찌나 무녀리 같았던
지 아예 출생신고도 하지 않았다고 한다.

그런데 신통스럽게도 세 살까지 먹게 된 해에 그때
낳은 것으로 출생신고를 하였기 때문에 호적상으로는
나이를 그만큼 덜 먹은 사람이 되고 말았다.

"집에서는 치훈이라고 말고 돼지라고 부르자!"

허약한 체질이 아빠만 닮았는가 싶어 약간 짜증스러
웠지만 나보다는 훨씬 똑똑하게 생긴 갓난것의 모습을
내려다보며 이렇게 소리쳤더니 딸아이들은 반대였다.

"돼지가 뭐야. 사람을 왜 돼지라고 불러?"

초등학교 1학년인 넷째 딸아이의 이 같은 물음을 받
고 어떻게 설명을 해주면 좋을지 몰랐다.

흔히들 귀한 집 아이 이름을 '바우', '개똥이', '쇠똥
이', '말똥이', '오쟁이', '돼지' 등의 천명賤名으로 부
른다. 그렇게 아명兒名으로 부른 것이 굳어져서 유사한
한자명을 붙인 것이, 확인해본 바는 없어도 '係東', '蘇
東', '馬銅', '五長' 등의 이름이 아닌가 본다. 이 중에서
도 '돼지'를 우리 아이 아명으로 택한 이유는 돼지처럼
소탈하게 잘 먹고 잘 자라라는 뜻에서다.

일주일쯤 병원엘 다녔더니 아기가 벙싯 웃기도 하고

아빠와 눈동자를 맞추기도 했다. 말하자면 부자父子의 첫 대화인 셈이다.

이때 아내가 들어오기에 "돼지야, 남이 들어오니 조금 있다가 얘기하자" 했더니, 아내는 사기를 타인 취급한다고 일부러 굳은 낯빛을 지었다.

이런 분위기를 알고서인 것처럼 우체부가 "편지요!" 했다.

"귀여운 아가의 무럭무럭 자라는 탐스러운 모습은 진정 흐뭇한 행복감을 안겨주겠지요."

'남양분유 육아상담실 올림' 으로 된 인사 편지에 적힌 한 구절이다.

편지 안에는 남양분유를 먹고 우량아로 뽑힌 사내 아이가 발가벗은 채로 그 자랑스런 고추를 내놓고 찍은 원색 사진이 들어 있었다. 우리 아가와 동일시되어 당장 잘 보이는 벽에 붙여놓았다. 금메달을 목에 걸고 나를, 아니 아빠를 보는 아가의 웃는 얼굴이 클로즈업되었다.

인쇄된 인사 편지에 출산한 병원 스탬프가 찍혀 있었지만 눈에 거슬리게 생각되진 않았다.

"아버지와 어머니와 아들, 이것은 세계를 영원히 결합하는, 오래 되고 또 새로운 화음和音입니다."

여기까지 읽어본 아내는 행복이란 낱말 가지고도 함

축이 다 안 되는 그런 표정으로 나를 보았다.

그러고는 '우리 돼지'를 돌아보고 기저귀를 갈아 채우려는데 고추에서 오줌 줄기를 내뿜는 것이 아닌가.

밖에 나갔다가 들어온 셋째 딸아이가 이 모양을 보더니 "우리 집 분수"라고 소리쳤다.

작년에 어린이 대공원에 놀이를 갔다가 분수대를 보고 쓴 수필 〈오줌싸개 소년〉 한 대문을 읽어보면 딸아이의 천진한 표정을 실감할 수 있으리라 믿는다.

"나는 그 중에서도 유방을 드러낸 엄마 옆에서 기운차게 오줌을 깔기고 서 있는 소년 분수대에서 눈을 떼지 못했다. 그런데 아내도 그 오줌싸개 소년만 뚫어지게 보고 있는 것이 아닌가. 그 옆으로 보니 우리 아이들 모두가 오줌싸개 소년한테로 시선이 집중되고 있었다. 물고기가 입으로 물을 내뱉는 것, 하얀 거위가 또 멋지게 물을 뿜고 있건만 분명코 우리 식구들은 오줌싸개 아이만을 보고 있었다. 만일 이 자리에 사진작가가 있었더라면 네 딸만 데리고 나온 부부가 오줌싸개 소년 분수를 열심히 보고 있는 모습을 놓치지 않았으리라."

아버지와 어머니와 아들과 딸—이보다 더 즐거운 화음을 나는 모른다.

(1974)

말을 알아듣는 나무

우리 집에는 꽤 큰 복숭아나무가 한 그루 서 있다. 이사를 해서도 이 복숭아나무가 블록 담장 위로 가지를 시원스레 뻗고 있는 모양이 좋아 보여 쉽게 정이 들어버린 집이다.

"나의 살던 고향은 꽃피는 산골/복숭아꽃 살구꽃 아기 진달래……〈고향의 봄〉노래가 저절로 흥얼거려질 만큼 나에게 향수를 달래주었던 나무다.

손바닥만한 마당이지만 그래도 무궁화, 진달래, 채송화, 유도화, 장미, 라일락, 모란 등이 철따라 꽃을 피우고 있어서 나에게 바라보는 기쁨을 주었다.

이밖에도 꽃은 피지 않아도 잎이 곱거나 생김새가 훤칠해서 사랑을 받을 만한 나무 중에는 단풍나무, 은행나무, 향나무가 있는데 단풍나무만은 아이들 할아버지가 자리를 옮겨 심은 관계로 성장이 활발치가 못했다.

그런데 할아버지한데 탐탁치 못하게 보인 나무가 있

다. 벌똥나무와 노간주나무는 이사 오던 날로 당장 파 없애려고 하실 만큼 값없는 나무로 보였으며 복숭아나무는 이듬해 꽃을 피우지 않자 미움을 받게 된 나무다.

사실 벌똥나무와 노간주나무는 전에 살던 이가 뒷산에서 캐다 심었을 것이기에 값이 없는 나무라 하였으나 내 생각은 달랐다. 산골에서 어린 시절을 보낸 나에게 벌똥나무 열매는 산딸기, 머루, 개암 등을 따먹던 기억과 함께 즐거운 추억이 아닐 수 없다. 노간주나무는 고슴도치의 털처럼 바늘잎으로 무장하고 있다. 제멋대로 야생하는 나무인 만큼 밤송이머리의 초동樵童처럼 생긴 것이 아무래도 미남형의 향나무와는 비교가 안 된다. 나무하러 가서 칡뿌리를 캐먹든지 다람쥐 굴을 파보느라고 시간 다 보내고는 푸나무 속에 노간주나무를 베어 짊어지면 엉성하게 보여 우선 눈속임이 되었다. 소죽 끓이는 가마솥에 이 노간주나무를 때면 불꽃이 좋고 타는 소리가 재미있었다.

부근 농장에서 꽃나무를 사다가 심어가시던 할아버지에게 벌똥나무와 노간주나무는 마침내 뽑히고야 말았다. 쓰레기통 옆에 놔두었지만 아무도 가져가는 사람이 없었다.

집안의 나무 가꾸는 일은 할아버지 마음대로 하시게 할 수밖에 없었던 만큼 이 나무들이 죽어가는 걸 보고도 나로서는 속수무책이었다. 다만 복숭아나무나 보존되도록 해야겠는데 강구책이 얼른 떠오르지 않았다.

복숭아나무에 대한 이야기는 나도 알 만큼은 알고 있다.

매화가 상류사회에서 사랑을 받고 있는 꽃이라면 도화桃花는 서민들이 애착을 느끼는 꽃이라 하겠다. 그만큼 복숭아꽃은 시골 처녀의 자태처럼 소탈하고 순박하다. 홍도라는 이름을 가진 아가씨는 선술집에 들어서면 으레 만나게 되는 우리 서민들의 애인이다.

구한말에는 《황성신문》에서 복숭아꽃을 국화國花로 삼자는 발론까지 하기에 이를 만큼 우리들 모두의 사랑을 받는 꽃이기도 하다.

복숭아나무는 꽃도 곱지만 열매도 탐스럽고 맛이 있어 과일가게에서도 인기가 대단하다. 성숙한 여인의 유방은 수밀도水蜜桃로도 표현되고 있거니와 이같이 사랑스런 나무를 할아버지는 어찌해서 볼 때마다 저주를 하시는 걸까.

며느리 안 예뻐하는 시아버지 없다고 한다. 그런 시아버지 눈에도 아기를 못 낳는 며느리는 탐탁지 않을 것임은 뻔한 애기다.

그러니까 우리 아버지가 복숭아나무를 미워하는 건 너무도 당연하다. 꽃도 피우지 못하는 나무, 열매도 맺지 못할 나무는 아예 뽑아버리고 더 값진 나무로 대치할 수밖에 없지 않은가.

마치나 내 아내가 아기를 못 낳아 초조해 하시는 어버이를 대하는 것만 같아 이른 아침이면 복숭아나무 밑으로 가서 제발 돌아오는 봄엘랑 꽃을 피워달라고 비는 눈길로 바라보곤 했다. 과수에 대한 책을 보고 그에 알맞은 시비施肥도 했고 배상형盃狀型으로 길러야 열매를 많이 얻을 수 있다는 걸 알고서는 상응한 전지剪枝도 했음은 물론이다.

첫눈이 왔던 날 아침이다. 나목裸木으로 추위만 보이던 복숭아나무가 가지마다 눈꽃[雪花]을 피우고 있으니까 집이 한층 운치 있게 보였다. 이때 나는 어떤 확신을 갖게 되었다. 틀림없이 돌아오는 봄엔 눈꽃보다 더 고운 진짜 꽃을 피울 것이라는.

이른 봄 남쪽 지방에서 꽃 소식이 전해지면서는 가슴을 조이고 우리집 복숭아나무의 개화開花를 기다렸다. 어느 날 아침 나보다 일찍 일어난 아내가 나를 흔들어 깨우기에 짜증을 냈더니 복숭아나무에 꽃눈이 트였다는 기쁜 소식을 전해주었다.

사실 우리집 복숭아나무가 꽃을 피운다는 건 너무도 당연한 일에 불과하다. 비단 복숭아나무뿐이랴. 모든 꽃나무들이 봄이 되면 꽃을 피워내는 것이지만 사람들은 그때마다 어떤 경이감驚異感을 갖게 된다.

예로부터 복숭아나무는 사귀邪鬼를 쫓는 영과靈果로, 나무木에 조兆가 붙은 형성문자인 도桃로서 불로장수를 뜻하는 선과仙果로 알려져 있다. 흐드러지게 꽃을 피워 준 우리 집 복숭아나무가 오늘 보니 솜털이 부연 아기 열매를 배태胚胎하고 있었다.   (1976)

꽃의 환생설還生說

아침에 누운 채 신문을 훑어보다가 〈창경원昌慶苑 벚꽃 활짝〉이란 기사 제목을 보고 문득 J형이 떠올라서 화들짝 일어나 창문을 열어젖히니 가랑비가 내리고 있다. 뜰에 심어놓은 개나리는 활짝 피었고 앵두꽃은 한 가지만 먼저 피어 있었다.

그러니까 작년 4월 초순이었다. J형이 J종합병원에서 간암이란 절망적인 진단을 받고 퇴원하던 날 나의 심경은 착잡하기만 했다. 나는 담당의사와 짜고 J형의 병은 절대 간암이 아니고 간경화이니 집에 돌아가서 처방해 준 약만 복용하면 낫는다고 속여 소화제가 든 약봉지를 들려 병원을 나오는데…… 그는 전에 없이 살 수 있다는 희망 비슷한 표정을 짓고 좋아하는 모습을 나는 차마 바로 쳐다볼 수가 없었다. 그때 나는 얼굴을 돌리고 격려의 말만 되풀이해 주었던 것이다. 대학 1학년인 아들에게 의지하다시피 걷고 있던 그가 대뜸 "창경원엔 벚꽃이 피었을까?" 하고 물었다. 형에겐 무리가 아닌가 싶으면서도 나는 택시를 창경원 앞에 멈추게 하였다. 꽃샘바람이 환자에게 안 좋을 것이었지만 그는 활짝 핀 개나리 하며 조금 일러 반만 핀 벚꽃들을 이러 저리 쳐다보면서 어린아이처럼 즐거운 표정을 지었다. 나는 그 중에서 이른 벚꽃나무 앞에서 그와 나란히 사진도 한 장 찍었다.

3개월밖에 더 못 산다는 젊은 의사의 말이 자꾸 뇌리에 밟히어 J형이 하는 말들이 유언처럼 들려 나는 자꾸 코를 훌쩍이었더니 "동생 감기 들었는가보네. 신외무물身外無物이라고 그저 음이 제일이니 건강에 주의하소" 하는 것이 아닌가. 나는 속으로 생각했다. 어쩌면 이 형은 자기가 암이라고 하는 사실을 잘 알고 있는 것 같다.

그간에 여러 병원을 돌아다녀 보았고 도립병원에서도 간암이라고 진단이 떨어졌지만 사형선고나 다름없는 그 '암癌'이란 흉문자凶文字를 한사코 거부하기 위해서 마지막으로 서울까지 와서 진찰을 받아본 것이리라. 서울에서마저 암이라고 진단이 내려지면 50세를 조금 지난 나이에 이승을 고별하기는 억울한 일이지만 하는 수 없이 체념할 수밖에 없다고 비장한 결의를 갖고 상경했던 것인데…… 어쨌든 암이 아니라고 하니 천만 다행한 일이라고 하겠으나 의사와 나의 눈짓으로 보건대 짜고 거짓말을 하는 것이 분명하다는 걸 눈치 빠른 그가 몰랐을 리 없다.

외가로 쳐서 형뻘 되는 분이었지만 나와는 친형제처럼 자별하게 지냈던 처지다. 시골에서 목공 기술로 근근이 생활을 영위하면서 한편 책읽기를 즐겨하여 누구의 작품은 리얼리티가 부족하다느니 또 아무개의 소설은 섹스 묘사로만 흘러 문학성이 약하다느니 하면서 기염을 토하기도 했다. 내가 문학수업기를 보내고 있을 때 어쩌다 지방신문에라도 발표된 내 글을 볼라치면 면대하고 일침을 놓기가 일쑤였다. 어차피 문학을 하려거든 소설이나 써볼 일이지 글 취급도 받지 못하는 수필 나부랭이나 쓰려거든 아예 집어치우라는 폭언도 서슴지 않았다.

나를 대해놓고는 그렇게 말하던 그가 다른 사람들 보고는 입에 침이 마르도록 내 자랑을 하고 돌아다니더라고 들었을 때 나는 눈물이 나도록 고마운 생각을 금할 수 없었다. 나는 사실 그의 강한 의지력과 과단성을 부러워 마지않았던 것이다. 비록 목공 일은 하고 살았지만 그 누구도 자기의 기술은 따르지 못할 것이라는 자부심과, 어느 지식인과 대화를 해도 어색하지 않을 만큼 풍부한 상식을 지녔을 뿐만 아니라 자기의 성姓을 숟

이 아니라 森이라고 적어왔대서 동회 서기를 닦아세워 세금 납부를 거절한 고집 등…….

J형은 그 후로 K대 부속병원 R박사가 연구 중에 있는 약물 치료도 받는 등 살아보려고 안간힘을 써 보았지만, J종합병원 의사가 진단한 3개월에 고작 한 달을 연장한 4개월 후인 8월에 기어코 갈 길을 떠나버리고 말았다.

창경원의 벚꽃의 만개滿開는 오늘(4월 16일)부터 일주일간이라고 한다. 벚꽃이 다 지기 전에 창경원에 가봐야겠다는 생각을 하면서 우선 마당가에 서 있는 앵두나무 가까이로 다가갔다. 며칠만 기다리면 피어날 라일락 꽃나무 옆에 수줍게 핀 앵두꽃.

누구나 마찬가지로 느낄 테지만 나는 꽃을 대하면 그리운 사람의 얼굴을 떠올린다. 나는 작년 4월에 J형에게 창경원 벚꽃을 구경시켜드린 것을 퍽 다행스럽게 생각하고 있다. 사람이 죽음이라는 것을 예감하게 되면 욕심을 다 버리게 되고 극히 소박한 소원만 지니게 되는지도 모른다. J형처럼 의욕적이고 오기가 많은 이도 병마에 시달리고 죽음을 의식하게 되자 다시는 못 보게 될 창경원 벚꽃이나 보고 갔으면 해서 나에게 넌지시 그런 뜻을 비쳤을 것이라고 나 나름의 추측을 해본다. 벚꽃 비슷한 앵두꽃을 대하니 마치 J형의 모습을 대하는 양 반가운 생각이 들기도 해서 넋을 잃고 바라보았다.

프랭크 드 펠리타가 쓴 《환생還生》이란 소설을 읽고 나는 더욱 그런 생각을 갖게 되었는지도 모른다. '루즈' 라는 소녀가 교통사고로 죽게 되는 것과 때를 같이해서 태어난 '아이비'란 소녀로 환생을 한다는 이야기인데, 작자는 주인공의 입을 통해서 이렇게 표현하기도 했다.

"인간의 영혼은 결코 죽는 것이 아닙니다. 인간의 육체만이 사라질 뿐 그의 영혼은 환생이라는 과정을 통하여 영원히 살아가는 것이지요. 꽃들을 보십시오. 꽃송이는 마치 존재하지도 않았던 것처럼 완전히 시들어 없어지지만 그 뿌리는 죽지 않고 다시금 이전과 똑같이 완전하고 아름다운 꽃을 피워냅니다.

꽃들은 환생하는 것이며 언제나 그 나무의 한결같은 영혼을 표현하고 있는 것입니다."

대지에는 헤아릴 수 없을 만큼 많은 종류의 꽃들이 피고 진다. 봄에는 봄 꽃이, 여름에는 여름 꽃이 핀다. 그리고 가을에는 가을 꽃, 겨울에는 겨울 꽃이 피는데, 우리들은 어느 계절에나 갖가지 꽃들의 미소를 대하면서 산다.

다시 말하면 죽은 영혼들과 만남을 되풀이하면서 산다. 특히 아름다운 꽃을 대하면 그 꽃은 나에게, 그 영혼이 살아생전에 이웃에 따뜻한 정을 끼치고 삶을 열

심히 산 사람이었을 것이라는 생각을 갖게도 해주었
다. 그러므로 역사상 빛나는 이름을 남긴 이들도 분명
꽃으로 환생한 것이나 마찬가지라고 말할 수가 있을
것 같다.

(1970)

응 답

"꽃망울 키우는 봄안개 서린 날입니다. 아직 내가 기다리는 시간까지는 30분이 남았습니다. 나는 하루를 아침 10시 반부터 11시 사이에 전부를 살아버리고 맙니다. 그 시간에 이곳엔 배달부가 다녀가기 때문입니다. 굳이 받아야 할 편지도 없고 또 보내올 사람도 없건만 막연히 기다려지는 마음. 그러고 다만 신문 한 장, 엽서 한 장이라도 받아들면 그리도 기쁜 심사를 알 수가 없습니다."

B여사의 이 편지를 받고 어쩌면 그리도 나와 똑같은 심정일까 하는 생각이 들었다. 우리가 이 세상을 살아가는데 편지를 받는 즐거움마저 없다면 얼마나 삭막하겠는가 말이다.

내가 집에 들어서면 집사람은 편지 온 것을 얼른 내준다. 나는 하루 중에서 이 순간이 제일 반갑고 즐거웠다. 친구가 며느리를 보게 되었다는 편지, 미지의 여성

독자가 내 수필을 읽고 보내준 편지 등을 읽었을 때 어찌 반갑고 즐겁지 않겠는가.

엽서 한 장도 오지 않는 날엔 하루를 헛살아버린 것 같은 생각이 들었다. 하다못해 세금 고지서라도 온 것이 없느냐고 짜증을 내고 있는 내가 집사람에게는 정도가 심한 것이 아닌가 싶게 생각되는 모양이지만.

사람들이 나를 찾아오고, 전화를 걸어주고, 편지를 해준다고 하는 사실은 내게 대한 관심의 표시이다. 세금 고지서도 다를 것이 없다. 나에게 세금을 부과했다고 하는 통지는 바로 나라(?)가 나에게 관심을 표시하고 있는 증좌라고 볼 수 있다.

나에게는 거의 매일이다시피 편지가 온다. 그런데 한동안은 편지가 뜸한 적이 있어서 그 이유를 생각해보았더니 그즈음 내가 건강이 안 좋고 마음도 심란하고 해서 편지 쓰는 일에 등한했음을 알게 되었다. 편지를 쓴다고 하는 행위는 곧 정을 주는 행위일진대 이편에서 주지 않는 정을 저편에서 줄 리가 만무하다. 우리들의 행위는 정도의 차이야 있겠지만 반드시 반대급부를 바라게 된다. 응답이 없는 편지를 자꾸 보낼 수야 없지 않겠는가.

내가 유독 편지에 관심이 많은 데는 이유가 있다. 20여 년 전 이야기가 되겠으나 그때 나는 K라는 한 소녀를 짝사랑한 나머지 매일 편지를 보냈다. 수없이 보낸 편지에 단 한 통의 회신이 없고 말았다. 날마다 배달부 오는 시간을 기다렸던 버릇이 지금껏 남아 있어 내게로 오는 편지를 받으면 그리도 반가웠던 모양이다.

그처럼 많은 연신戀信을 띄우다 보니까 어느새 문장력이 길러진 덕택으로 문필생활을 하게 되었고, 지금 이 수필도 쓰고 있는 중이다. 내가 글을 쓴다고 하는 행위는 곧 그녀에게 연신을 띄우는 행위의 연속에 불과하다. 응답이 없는 편지를 띄우고 있는 바보라고 핀잔하는 분도 있을 것이지만 나 역시 응답 없는 편지를 계속 쓰고 있을 수만은 없었다. 비록 우표가 붙여진 현실적인 편지는 받아보지 못했지만 나는 분명코 그녀가 잡지나 신문에서 나의 글을 읽고 응답하고 있음을 정신감응精神感應으로 안다. 어쩌면 그것의 변형變形이 내가 매일처럼 받아보고 있는 편지들인지도 모르겠다. 이 글 첫머리에 인용한 B여사의 편지가 그러하고 어느 미지의 독자한테서 받아본 편지도 그러하다고 본다.

옷깃만 스치고 지나가도 전생의 인연이라고 했는데, 크고 작은 이런 일들이 고해苦海를 사는 우리 중생衆生들에게 있어서는 소중한 인연이 아닌가 싶다

한 여인을 지극히 사랑하는 마음이 없었다면 지금 내가 어떻게 나의 아내와 아이들과 친구들의 정을 받는

존재가 될 수 있었으랴.

음력으로 사월 초칠일이 나의 생일이다. 그 다음날이 바로 석가님의 탄생일인 사월 초파일이기에 어쩐지 나의 생일이 좋은 것처럼 생각되었다.

어느 핸가 초파일날 절에 가서 부처님을 뵈었더니 미소(?)를 짓고 계시었다. 나는 그 미소에서, 내가 지금껏 살아오면서 어느 누구를 지극히 사랑하며 띄운 편지의 응답을 보았던 것이다.

(1977)

묘한 역설

지난 12월 3일이다.

글을 써서 받은 고료 중 제일 많은 액수를 받으면서 영수증에 주민등록번호를 적자니까, 주는 쪽의 K씨가 생일날 참 기분이 좋으시겠다고 한다. 나는 무슨 뜻인 줄 몰라 의아스럽게 그를 쳐다보았더니, 호적이 실제 생일하고 다른 모양이라고 얼른 알아차리는 것이 아닌가.

새로 바뀐 주민등록번호는 앞자리 숫자가 바로 자기의 생년월일을 표시한 것이 돼서 기억하는 데는 편리할지 몰라도 나는 이 번호를 기재할 일이 생길 때마다 언짢게 생각되었다. 호적상으로는 실제 나이보다도 2년 7개월이나 젊은 것으로 표시되어 있기 때문이다. 그래서 호적등본의 첨부가 필요 없는 서류, 이를테면 문단에서 사용하는 경우엔 실제대로 기록을 해왔다. 간단하게 호적 정정이 가능하다면 지금이라도 바르게 고쳐놓고 싶은 생각이다.

정확하게는 1934년 5월 19일이다. 그런데 생일만은 음력으로 4월 7일로 쇠고 있다. 부모님이 그렇게 쇠어 주셨고 그 후엔 집사람이 그렇게 기억을 해두고 있기 때문이다. 뿐만 아니라 그 이튿날이 바로 초파일, 석가 탄신일이라 어쩐지 좋은 날만 같이 생각되었다. 하지만 이미지로 봐서는 양력으로 따져서 5월이 난 달이라고 말하고 싶을 때도 있다.

"덥지도 춥지도 않은 5월이야말로 내게는 가장 좋은 달에 속한다. 내 부모가 나를 낳아준 달도 5월이고, 내 가 나의 둘째딸을 낳은 달도 5월이기 때문에 5월을 더 욱 좋아한다."

내가 쓴 〈신록의 여인〉이란 수필의 한 대문이다.

5월에 태어난 아기가 비교적 튼튼하다는 말도 있는 데 나는 어쩌자고 생래生來로 허약한 체질을 타고 났는 지 모르겠다. 아무래도 사람 구실을 못할 것처럼 생각 되었던지 나의 아버지께서는 아예 출생신고도 하지 않 았다고 한다. 출생신고를 했다가 바로 죽으면 또 사망 신고를 하게 되는 번거로움을 겪지 않으시려는 의도(?) 에서였으나 고개도 제대로 못 이기는 아이가 세 살을 먹게 되자 마지못해 호적에 올리신 것으로 알고 있다. 늦게 신고를 하면서도 정확하게 할 수도 있었으련만 과 태료가 아까우시던지 그 당시 출생한 것처럼 처리한 잘

못으로 해서 호적상 나의 생년월일은 1936년 12월 3일이 된 것이다.

나는 유독 나이 먹는 것을 유쾌하게 여기기까지 했다. 욕심대로 한다면 한 해에 곱빼기로 나이가 헤아려지기를 바란다. 그러니까 양력 과세를 하고 한 살 먹고, 음력 과세를 하고 또 한 살 더 적게 되어 후딱 40세가 넘었으면 하고…… .

몸이 약하니까 곧 죽을 것 같은 강박의식이 나를 지배하고 있었던 만큼 그야말로 세월이 살같이 흘러서 40세만 넘기고 나면 언제 죽어도 억울할 것 없다는 생각으로 살아온 내가 어느덧 그토록 기다리던 40세를 넘기게 된 것이다. 40부터는 죽음에 선후배가 없다는 말도 있거니와 이제 죽는다 해도 요절했다는 소리만은 듣지 않게 되었다.

어찌 생각하면 나는 너무 오래 살고 있는지도 모르겠다. 33세에 죽은 예수를 들어 말한다는 건 외람되다 하겠으나, 언젠가 수덕사를 돌아보고 오는 길에 충의사忠義祠를 들렀을 때 25세로 순국한 윤봉길 의사를 생각하고 정말로 부끄럽다는 생각을 금할 수가 없었다. 예수나 윤봉길은 비록 젊은 나이로 육신의 생애는 마치었건만 오래 산 이들이라 하겠고, 백 세 장수를 한 사람일지라도 취생몽사한 삶이었다고 하면 그 어찌 오래 산 사람이라 말할 수 있으랴.

이제 40대도 중반에 들어선 나는 전의 생각과 달라지고 말았다. 술집의 아가씨 말이 아니라 해도 실제 나이보다 젊게 보아주면 기분이 좋았다. 위대한 인물들은 생의 과업을 일찌감치 초과달성하고 미련없이 떠났었지만 나같이 범상한 사람은 오랜 세월을 두고 안간힘을 써야 겨우 희미한 그 무엇이라도 남기게 될 터인즉 오래 살아야 할 것만 같다. 그러니까 우리 아버지가 출생신고를 늦게 하셨던 것은 전혀 다른 배려 때문이 아닌가 싶다.

초등학교 입학 적령이 만 6세인데, 아버지 생각은 나의 나이를 두어 살 줄여 호적 나이로 입학 적령을 맞추려고 하신 것이 분명하다. 다시 말하면 9세가 되어서야 다른 사람들 6세의 일에 참여하였다고 볼 수 있으니, 이런 논법으로 치면 나는 오래 살아야 될 것 같기도 하다.

(1977)

보두엥 부인의 초상

영혼이 메마른 채로는 글을 쓸 수가 없다. 그래서 작가는 항상 예술적인 신비감 속에 잠겨 살아야 하나보다.

나도 정신의 황폐화를 방지하기 위해서 가끔 음악 연주회나 그림 전시장을 찾아가고 있다. 국립현대미술관에서 열리고 있는 '프랑스 18세기 명화전名畵展'도 그 나름의 감명을 안겨준 것만은 사실이다.

맨 처음 대하는 그림부터 카탈로그에 찍힌 것과 대조를 해보았다. 원화와는 상당한 차이가 있었다. 물론 그런 걸 예상하지 않은 것은 아니지만 아무리 사진술이 발달했다고는 해도 원화의 향기를 맡을 수 있을 만큼 찍어내기는 대단히 어려운 모양이다.

몇 그림을 지나 '보두엥 부인의 초상' 앞에서는 갑자기 내 발이 땅에 붙어버렸는지 넋을 잃고 그 귀부인의 동공瞳孔 속으로 빨려들고 있었다. 프랑스 예술에서 18세기는 부귀富貴와 우미優美와 세련과 즐거움이 한창 무르익은 로코코시대라고는 하지만, 프랑세 부셰의 이 그림은 차라리 눈썹이 없는 '모나리자' 보다도 더 나를 매혹시켰다고나 할까. 레오나르도 다 빈치를 모독한 표현이라 할진 모르겠으나, 예술 작품을 감상한다는 건 다분히 주관적인 심미안審美眼이 작용하는 것이라고 믿는 까닭에 '모나리자' 의 원화를 아니 보고 복사판이나 구경한 나로서야 원화인 '보두엥 부인의 초상' 을 대하고 어찌 심상할 수 있었겠는가.

언뜻 보면 복사판(카탈로그)의 그림이 더 좋은 것 같다. 선명도鮮明度는 물론 부인의 초상에서 접하기 어려운 품위를 느끼게 된다. 그런데 두 그림을 한참 동안 번갈아가면서 감상을 하게 되면 진가眞價가 바로 드러나고 만다. 원화에서는 그 어떤 신비감이 어려 있음을 느끼게 되고, 살아서 나에게 말을 걸어오고, 그녀의 체취가 맡아지면서 혼곤히 그 향기에 취하게 마련이지만, 복사판 그림은 아무리 들여다보아도 조화造花라는 느낌밖에 들지 않는다.

우선 이 그림에서 내가 단박에 발견한 바로는 눈 언저리와 입 언저리의 색감色感이었다. 원화에는 희미한 안개인 양 보라색이 서려 있어서 약간 에로틱한 무드를 자아내고 있었다. 그런데 복사판은 그것이 안 보인다.

요즈음 여인들은 보라색을 지나치게 좋아해서 도리

어 역겨움을 주고 있는 것 같다. 보라색 옷, 보라색 파라솔, 보라색 핸드백까지도 나쁠 건 없겠으나 너무 짙은 보라색의 아이새도는 여성미의 격을 떨어뜨리는 역할밖에 하지 못한다고 생각된다.

바람기가 있는 여자는 남자한테 얻어맞아 눈언저리가 시퍼렇게 멍이 들어 얌전치 못한 행실을 광고하고 다니기도 한다. 그런데 얻어맞지도 않고 아이새도를 하지 않아도 눈언저리가 퍼런 빛을 띠게 되는 여인이 있다. 문란한 성생활을 하게 되면 생리가 불순해서 자연 그렇게 된다고도 들었다.

아이새도가 확실히 성적 매력을 주고 있는 것만은 사실이다. 다만 세련된 미용 처리가 되지 못했을 때만이 남성들의 빈축을 사게 마련이다.

꽃으로 장식된 머리, 환한 이마, 초승달처럼 고운 눈썹, 호수처럼 맑은 눈, 풍만한 가슴 등 그 어디를 보아도 미인의 요건에 안 맞는 데를 찾아볼 수가 없을 만큼 우아한 미美를 한껏 풍겨주고 있는 '보두엥 부인의 초상' 이었지만 그 눈언저리의 보라색 안개 빛이 없는 얼굴을 가지고는 내 무슨 흥이 나서 이런 글을 쓰겠는가. 하기야 백치미白痴美란 말도 없는 것은 아니지만 성적인 매력이 결여된 여자를 미인이라고 말할 수는 없을 것 같다.

"암스테르담에 들렀을 때 박물관에서 그뢰즈의 그림 앞에 한참 서서 그 수법을 열심히 보았고, 매점에서 그림엽서라도 살 생각이었으나 사질 않았다. 왜냐하면 원화의 신비로움과는 너무 달랐기 때문이다."

'프랑스 18세기 명화전' 감상을 위해서 H화백이 신문에 쓴 글의 한 대문이거니와, 이 그림들을 둘러보면서 절실하게 공감되는 이야기가 아닐 수 없다.

한 바퀴 돌아보고도 그냥 전시장을 나와 버리기가 섭섭해서 다시 '보두엥 부인의 초상' 앞에 서보았다. 내 생애에 더는 못 볼 '애인'의 얼굴을 잊어버리지 않기 위해서도 보고 또 보았다.

차마 발걸음이 떨어지지 않았지만 그녀에게 작별의 눈인사를 보내고는 카탈로그를 무슨 보물인 양 꼭 끼고 전시장을 나왔다. 애인이 자기 곁을 떠나면서 주고 간 사진을 가슴 깊이 간직하는 사람처럼 어쩌면 나는 지지리도 못난 남자인지도 모르겠다. (1977)

진실의 기록이어야
―수필은 어떻게 쓰는가

　명색이 수필을 쓰는 사람으로 알려져 있어서인지 곧잘 "수필이란 어떤 것인가?"라는 질문을 받게 된다. 나는 이럴 때 퍽 곤혹을 느끼곤 했다. 몇 마디로 수필의 정의를 내려 말할 자신이 없기 때문이다.

　수필隨筆을 으레 문자 그대로 "붓 가는 대로, 생각나는 대로 쓰는 글" 이라고들 말하고 있지만 그렇게 안이한 말로 모면하고 싶은 생각은 추호도 없다. 나는 혼잣말처럼 이렇게 중얼거려본다. "수필이란 걸 설명하라면 나는 모르겠다고 할 것이다. 그러나 설명하지 않아도 좋다면 나는 안다고 할 것이다." 이 말은 아우구스티누스(로마 말기의 종교철학자)가 '시간' 이란 것에 대해서 쓴 《고백록》의 한 대문을 인용한 것인바 '시간' 대신 '수필 '이란 말을 넣어 나 나름의 변명을 해 보았을 따름이다.

　〈수필은 어떻게 쓰는가?〉 ―이것이 나에게 주어진 제목

이다. 다시 한 번 곤혹을 느끼게 하는 청탁이라고 생각
되어 사양하고 싶은 생각이 간절했으나 내가 쓰지 않는
다고 하면 역시 다른 사람이 곤혹을 면치 못할 것 같아
하는 수 없이 붓을 들긴 하였지만…… 아마 모르면 몰
라도 시나 소설을 어느 누군가가 쓴 '작법'을 읽고 썼
다는 말을 곧이들을 사람은 아무도 없을 것이다. 무슨
틀[型] 같은 것이 있어 가지고 거기에 맞추어 써넣기만
하면 작품이 된다고 한다면 문학을 하등 창작행위의 소
산이라고 말할 필요가 없지 않겠는가 말이다.

　나는 수필 한 편을 청탁받고 나면 참으로 망연茫然해
지는 느낌을 어쩌지 못한다. 그러면서도 무슨 계시를
받고자 하는 구도자求道者인 양 마음이 순수해진다.

　무릇 문학 작품은 테마[主題]가 잡혀야 붓을 들 수가
있다. 좀더 쉽게 말하자면 무엇을 쓸 것인가 하는 바로
그 '무엇'을 뜻하는 말인바, 그것을 형상화하기 위해서
는 소재가 필요하다. 연극을 하려면 소도구가 필요하듯
이 한 편의 수필을 쓰려면 소재를 동원해야 한다. 작자
는 소재 하나하나가 주제를 표현해주는 데 유기적인 효
과를 갖도록 소재 선택을 적절히 하여 '수필'이라는 옷
감을 짜내야 하는 것인데, 그게 그렇게 쉽지가 않다.

　수필을 부담없이 읽을 수 있다고 해서 쓰기도 쉬운
글이라고 생각한다면 이야말로 잘못된 견해라고 본다.

작자는 고심참담 어렵게 쓰는 것이지만 독자에겐 쉽게 읽혀져야 되고 기쁨을 선사해야 된다. 무릇 예술 작품을 가까이 하는 건 어떤 희열을 맛보기 위함이기에 수필이라고 해서 예외가 될 수는 없다. 다만 수필이 시나 소설과 다른 점이 있다면 쓰는 것과 씌어지는 것의 차이라고 할 수 있다. 수필은 후자인 '씌어지는 글'이기에 글 첫머리에 쓴 것처럼 "붓 가는 대로, 생각나는 대로 쓰는 글"로 잘못 인식되고 있는 것 같다. 여기에 내포된 뜻은 자연스러움인 것이다. 어느 경지에 이른 사람만이 쓸 수 있는 말이라 하겠다. 설익은 생각은 아무리 아름다운 말로 꾸민다고 해도 역시 부자연스러운 법이다. 그래서 금아琴兒 선생의 표현을 빌리자면 "수필은 청춘의 글은 아니요, 서른여섯 살 중년 고개를 넘어선 사람의 글"이라고 하는 것인지도 모르겠다. 그렇다면 중·고교 학생들은 수필을 쓸 수 없단 말이냐고 반문이 나올 법한데, 거기에 대해서 나는 이렇게 생각하고 있다.

글에도 반드시 분수라는 것이 있는 법이다. 자기 생각의 깊이에 알맞은 글을 써야만 어색한 느낌을 주지 않는다. 그러므로 중학생은 중학생대로 고등학생은 고등학생대로 그 연령에 그 사람의 느낌으로만 가능한 자연스러운 표현의 글을 쓴다고 하면 그 나름의 좋은 수필이 될 수가 있다고 본다.

우리가 수필을 쓸 때 다 같이 경계해야 하는 것은 과욕을 부려서는 안 된다는 점이다. 다시 말하면 '척'은 금물이다. 잘난 척, 아는 척하고 표현한 글을 정작 그 문제에 밝은 사람이 읽으면 얼마나 가소롭게 생각하겠는가. '척' 하려고 하면 꾸밈이 있어서 자연스럽지가 못해 읽는이에게 개운찮은 느낌을 주어 수필로서는 실격이 아닐 수 없다.

수필은 '사실'을 기록하는 것이 아니라 '진실'을 기록하는 문학이다. 진실은 곧 아름다움인 것이고 아름다움처럼 사람을 감동케 하는 것은 없다. 진실은 마음이 아름다운 사람에게만 발견된다. 어느 사물에서 아름다움을 발견하려면 마음의 창을 말갛게 닦아놓을 필요가 있다.

화가는 화가로서의 미를 추구하는 눈을 가지고 있듯이 수필가는 수필가로서의 눈을 지니고 아름다움을 추구한다. 다시 말하면 자기의 렌즈(눈)를 가지고 그 렌즈를 통해 비친 진실을 포착하면 되는 것이라고 말하고 싶다.

다만 이 진실을 진실되게 표현하기 위해서는 문장이 잘 다듬어져야 할 것임은 두말 할 필요도 없으리라. 아름다운 꽃은 예쁜 꽃병에 담겨 있을 때에 한층 더 아름다움이 돋보이는 법이기에.

"미는 그 진가를 감상하는 사람이 소유한다. 비원祕苑뿐이랴, 유럽의 어느 작은 도시, 분수가 있는 광장의 비둘기들, 애비뉴라는 고운 이름이 붙은 길, 꽃에 파묻힌 집들, 그것들은 내가 바라보고 있는 순간 다 나의 것이 된다. 그리고 지금 내 마음 한구석에 간직한 나의 소유물이다."

내가 좋아하는 수필 가운데 하나인 〈비원〉(피천득)의 한 대문이다. 달은 하나인 것이지만 그것을 쳐다보는 사람의 느낌에 따라서 여러 개의 달이 될 수도 있다. 감정이입感情移入에 의한 달의 창조인 것이다. 마찬가지로 우리들의 비원도 보고 느끼는 사람에 따라서 소유가 달라지는 것이라고 말할 수가 있겠다. 일단 자기가 소유한 아름다움도 그것이 하나의 작품으로 표현되었을 때에는 그 진실의 파장波長이 다른 사람의 가슴에도 공감대를 형성하게 마련이다. 이 공감대의 진폭이 클수록 많은 사람에게 즐겨 읽히는 수필이라고 말할 수가 있을 것이다.

사실 수필이란 나 자신의 경험에 비추어보아도 쓸 때마다 어떻게 쓰면 되는 것인지 암담하였지만 그래도 무엇인가를 꼭 형상화하고 싶은 강력한 충동을 받아 써보았을 따름이다. 그러니까 써나가는 도중에 비로소 어렴

풋이나마 찾아진 길을 따라 붓을 놀리게 된 것이 수필 한 편씩을 써내곤 했던 것인데, 다음에 또 다른 작품을 쓰려고 하면 앞의 작법은 아무 필요도 없고 새로운 길을 잦아 고심하게 마련이나. 기실 수필은 어떤 형식에도 매이지 않는 자유로운 형식이면서 쓸 때마다 새로운 작법을 요구하는 문학이 아닌가 생각한다.

(1978)

꽃나무의 소유설所有說

　서울 시내에서 이사를 한다고 하는 것은 지극히 심상한 일에 불과하다. 그런데 금아 선생이 이사를 하시게 됐다는 소식을 듣고는 정말이냐고 되묻지 않을 수 없었다.

　비단 나 한 사람뿐만 아니라 그 동안 선생 댁을 방문한 적이 있는 이들은 무엇보다도 그 집에 서려 있는 분위기를 사랑하고 싶은 생각이 들었으리라.

　우선 가지가 담 밖으로 반은 뻗어나온 라일락에서 풍기는 향기만 맡고도 정이 가는 집이었다. 전지剪枝가 잘 안 된 나무였지만 그 크기로 보아서 족히 몇십 년 묵었을 나무에서 풍겨오는 꽃향기는 선생댁 앞을 지나가는 사람은 누구나 맡을 수 있었으리라.

　대문을 들어서면 눈어림으로 쳐도 백 평은 넘어 보이는 대지에 집은 작고 뜰이 넓게 보이는데, 역시 손질이 잘 안 된 이런저런 나무들이 찾아온 손을 반겨주고 있었다.

잡초까지도 이 집에서는 화초 대접을 받고 있다고나 할까, 아무튼 금아 선생 댁을 들르면 그지없이 마음이 편해져서 얼마라도 놀다 오고 싶었던 것인데, 이제 이사를 한다고 하시니 무엇인가를 크게 잃는 듯한 느낌을 금할 수가 없었다.

금아 선생의 수필을 사랑하는 이들 말고는 금아 선생 집은 어쨌든 외형적으로 퍽 초라하게 보였던 것만은 사실이다. 이웃의 호화 양옥들이 이 집에 대해서는 퍽 위압적이었고, 나 역시 고지가高地價 지대로 알려진 M동의 한복판에 자리잡은 금아 선생집이 지극히 비경제적인 것처럼 생각될 때도 있었다.

하지만 이런 금아 선생 집이 여러 해를 두고 그 모습 그대로 변함없이 우리들의 방문을 반겨주었을 때, 너무나 타산적이고 각박한 시대에 마지막으로 버텨주는 한 유의 공간으로 생각되어 내심 얼마나 다행이다 싶었는지 모른다.

결국 이 시대의 어떤 풍조는 이런 여유를 여지없이 짓밟고 넘어갈 모양이다. 금아 선생이 이사를 가신다고 하는 사실이 꼭 무엇에 밀려나고 마는구나 하는 느낌을 갖게도 해주었다.

이 집을 마지막으로 한 번만 더 보고 싶어서 퇴근길

에 M동행 버스를 탔다. 어렸을 때 외가를 찾아가면 그렇게도 반겨주시던 외할아버지와 외할머니를 회상해도 좋을 것 같다.

두 분 내외를 대하면 그런 느낌이 들기도 해서 이야기를 많이 하고도 싶어지지만 한편 오래 앉아 있기가 송구스러운 생각이 들기도 한다. 노인들만 생활하시기에는 집이 너무 불편하게 보였기 때문이다.

그래서 방문하는 사람 중에는 생활하기가 편리한 아파트로 이사를 하시라고 권유를 하기도 했던 것으로 들어 알고 있는 바다.

나는 금아 선생 집 뜰에 심어진 꽃나무들을 한참이나 보고 있었다. 마치 작별 인사라도 나누는 사람처럼 말이다.

요 몇 년 동안만은 금아 선생 집 뜰이 제법 하이컬러(?)가 되어 있었던 것인데, 그 연유를 알고 보면 이 또한 재미있는 이야깃거리가 될 것이다.

화원을 하는 제자가 금아 선생 댁의 넓은 뜰을 보고는 한 가지 묘안을 생각해냈다. 자기네 화원에 있는 나무들을 일부 옮겨다 심어놓자 함이었다. 그리하면 나무도 훨씬 잘 자랄 거고, 또 금아 선생으로서는 갖가지 꽃나무들을 보고 즐기게 되니 서로가 좋은 일이 아닐 수 없었다.

목련, 영산홍, 산수유, 동백, 향나무, 주목朱木…. 금아 선생은 이 나무들을 벗하면서 즐거운 나날을 보낼 수 있었고, 제자는 그것들을 자기네 화원의 고객에게 팔아 넘기고 또 다른 나무들을 가져다 심어드렸다고 한다.

그런데 금아 선생께서 이사를 하시게 되었으니 이 나무들의 문제는 어떻게 되는 것인지가 궁금하였다. 여기에 대한 선생의 이야기를 듣고는, 꽃나무를 사랑하면 마음의 꽃밭에까지 꽃나무를 심게 되는구나 하는 생각을 갖게 되었다.

제자는 이 나무들을 파 가지 않겠다고 말하더라는 것이다. 만일 파 옮겨갈 경우 내용을 모르고 있는 새 주인은 집을 판 금아 선생에게 야속하다고 생각할 것이 틀림없기 때문이라고 하면서…….

자기의 이해타산을 헤아려보기 이전에 스승의 명예를 더 존중할 줄 아는 제자가 나에게는 분명 또 하나의 꽃나무처럼 생각되었다. 좀더 정확하게 표현한다면 그 제자는 일찍이 금아 선생이 심어놓은 꽃나무였던 것인데, 이 무렵 비로소 꽃을 피워낸 것에 불과할 따름이라고 말했다.

나는 금아 선생 댁을 나오면서 우리집 뜰에 심어진 모란과 산당화山棠花를 생각해보았다. 나의 수필 독자 한 분이 가지고 와서 심어준 것인데, 어떻게나 꽃이 고운지 그 꽃을 바라보고 있으면 그 나무를 선물한 이의 정이 가슴에 와 닿는 것을 감지할 수가 있었다.

만일 이사를 하게 된다면 이 꽃나무들을 파 가지고 가리라고 마음먹고 있었는데, 금아 선생의 제자 이야기를 듣고 나니까…….

선물받은 것이라고 언제까지나 자기 소유라고만 주장한다는 것도 어찌 생각하면 부질없는 욕심이 아닌가 싶다. 내가 언제 이사를 한다고 해도 나 또한 그 꽃나무들을 누구에게 선물하는 심정으로 떠나야만 할 것 같다.

(1981)

어느 선배와 후배

"아버지, 우리반이 학력고사에서 1등을 했어요!"

퇴근해서 돌아온 딸이 한 말이다.

나는 무슨 말인 줄도 못 알아듣고 아무튼 1등을 했다니 다행이다 싶어 "잘 됐구나" 한 마디만 해줬더니, 말은 조금 섭섭한 생각이 들었던지 "진짜로 우리반이 1등을 했어요!"라고 다시 한 번 강조를 하는 것이 아닌가.

나의 둘째딸은 교대를 나와 교사가 된 지 불과 1년 남짓밖에 되지 않는다. 그러니까 5학년 담임 중에서도 가장 교사 경력이 적고, 따라서 나이도 제일 어린 편이라고 한다.

어리다고 하는 것은 그만큼 역량이 어린 것으로 생각되어 딸의 말이 믿어지지가 않아서 나 또한 정말이냐고 물었더니 한 번만이 아니고 세 번이나 실시한 학력고사에서 번번이 1등을 따냈다고 한다. 그런만큼 더 좀 칭찬을 해주어도 좋을 것 같은 생각이 들기도 했다.

나는 처음에 딸이 집에서 가까운 거리의 초등학교로 발령을 받았다고 해서 매우 반가운 생각이 들었지만 한 편으로는 은근히 걱정도 되었다. 친구가 교장으로 있는 학교일 뿐더러 교사들 중에는 딸이 초등학교 때 배웠던 선생님도 계시더라고 해서 이래저래 은근히 신경이 쓰였던 것인데, 그런 소식을 듣고 보니 어찌 반갑고 기쁘지 않겠는가.

"네가 또 한 번 효도를 한 셈이다."

딸은 아버지가 한 말을 얼른 못 알아듣는다. 아버지의 체면을 세워주었으니 효도가 아니냐고 덧붙여 설명을 해주고는 1등을 한 그 '비결'이 무엇이냐고 물어보았다.

"비결은요…… '젊다는 것' 그밖에는 아무것도 없어요." 아동들은 젊은 선생님을 좋아한다는 것이다. 남자 아동들은 누나 같아서 좋다고 하며, 여자 아동들은 언니 같아서 좋다고 하면서 화장도 예쁘게 하고 옷도 멋 있는 걸로 입고 다니기를 바란다는 것이다.

그런 얘기를 듣고 보니까 그런지 딸에게서는 날마다 새로운 모습을 발견할 수 있었다. 그런 생동하는 에네르기의 발산이 아동들과 호흡이 잘 맞게 되어 좋은 수업 분위기가 이뤄진 것이 아닌가 한다.

나는 그 옛날 초등학교를 다니면서 한 번도 여선생님

의 지도를 받아보지 못하고 소년 시절을 보냈다. 그때만 해도 여선생님은 귀한 존재여서 궁벽한 산골 학교에는 몇 명밖에 안 계셨기 때문에 여선생님 담임을 만난다는 것은 그야말로 행운이 아닐 수 없었다. 그로부터 상당한 세월이 흘러서 어린이들의 그 심정을 또 한 번 내가 아니고 스스로가 가르친 바 있는 아동들을 통해서도 실감을 한 바가 있었음을 말하지 않을 수 없다.

그러니까 30년 전의 일이 되는 셈이다. 고향의 초등학교에서 잠시 교편을 잡은 일이 있는데, 나의 수업 방법이 미숙했던 탓인지 아동들의 수업 태도가 산만한 느낌이 들어서 가르치는 사람으로서도 더 피곤하기만 했다. 어쩌다가 음악시간 같은 때 옆반 여선생님과 수업 시간을 바꾸어보면 그 차이를 그냥 감지할 수가 있었다. 그 여선생님은 사범학교를 나온 지 얼마 되지 않아서 열성적으로 지도를 했으며 그녀의 용모 또한 미모에 가까웠던 걸 생각하면 충분히 긍정이 갔었다고나 할까……나는 사범학교를 나오지 않은 자격 없는 임시교사인데다 나이만 젊었을 뿐 건강이 나빠서 젊고 박력 있는 인상과는 거리가 멀었을 테니 말이다.

요 며칠 전에는 딸에게 교육상 골칫거리가 하나 생겼다고 한다. 말썽꾸러기 남자 아동 몇 때문이라는 것이다. 수업 중에도 엉뚱한 질문을 해서 선생님을 당황하게 만든 때가 한두 번이 아니었는데, 얼마 전에는 세 아이가 여자아이 누구와 짝이 되게 해달라고 조르기도 해서 나의 딸 '선생님'을 당혹하게 만들었다고 한다.

처음에는 선생님도 귀여운 개구쟁이 놈들의 짓궂은 장난의 말로 생각하고, 이녀석들아 어떻게 셋이서 그 아이와 같이 앉겠다는 거냐고 나무라주었더니 갈수록 태산 같은 엉뚱한 대답들이 나왔단다.

"우리 셋이 결투를 할 거예요. 그래서 이기는 사람이 그 애와 짝이 되면 어때요?"

문제는 그 다음에 일어났다고 한다. 그 세 놈들이 여자아이의 집을 찾아가서 소란을 피웠다고 하는데……혼자서 집을 보고 있던 여자아이가 끝내 남자 아이들을 만나주지 않았단다. 그러자 바깥에 쌓아둔 연탄재를 모조리 깨뜨려놓는 심술을 부렸는가 하면 대문에다 얼마나 발길질을 하면서 소리를 질러댔는지 이웃집 사람들이 나와서 마구 야단을 쳐서 겨우 미봉을 했다고 하는 얘기를 들었다. 정말 나로서도 딸에게 뭐라고 조언을 해주면 좋을지 엄두가 나지 않았다.

내가 딸에게 도움을 준 것이라고는 시골에서 성장한 덕택으로 풀꽃 이름이라든지 그 꽃이 피는 계절을 알려주는 정도였고, 그것마저도 모르는 것이 많아 요즈음은 새로 출판된 대형백과사전 한 질을 들여놓아 지도안을 작성하는 데 참고삼도록 했을 뿐이다.

딸이 겪고 있는 말썽꾸러기 아동들의 문제 같은 건 내가 옛날에 교편을 잡던 때의 아동들의 경우하고는 너무도 차이가 많은 일이라서 다만 어안이 벙벙하다고나 할까, 그 문제에 대해서 조금도 도움을 줄 수가 없는 것이 안타깝기만 하다.

나는 딸을 믿고 있다. 그 문제를 잘 풀어나갈 수 있을 것이라고…….

"세상에서 가장 어려운 일은 사람을 가르친다는 일이라고 생각한다. 그러기 때문에 교사의 직분을 수행한다고 하는 것은 그 어느 직분보다도 무거운 책임이 따르는 것이 아니겠느냐. 이번의 일이 너에게는 교사로서의 자질을 판가름하는 시금석과도 같은 계기라고 생각되니, 최선을 다해서 문제 해결에 임하도록 하여라."

선배로서, 아버지로서 후배인 딸에게 할 말은 이뿐이었던 것이다.

(1983)

다시 그린 자화상

막내아이가 다니고 있는 초등학교에서 운동회가 열리는 날, 집사람과 나는 서둘러서 구경을 나섰다. 가을 하늘이라고는 하지만 더없이 높고 푸르게만 보였다.

새하얀 유니폼에 청색 모자, 백색 모자로 편을 갈라 많은 어린이들이 "청군 이겨라", "백군 이겨라" 하고 힘찬 응원을 하는 가운데 갖가지 경기가 진행되고 있었다. 어느 학년에서는 풍선놀이가 있는 모양인지 여기저기 풍선을 들고 기다리는 사람들로 해서 한껏 운동회날의 분위기가 실감났다. 더러는 잡고 있던 끈을 놓쳐 풍선이 하늘 높이 떠올랐다. 파랗고 빨갛고 노란 풍선들, 그것은 마치 어린이들의 꿈인 양 아름답게 보였다.

나의 뇌리에는 그 옛날 시골 초등학교 운동회 날의 풍경이 떠올랐다. 운동장 가에는 아이들의 얼굴을 닮은 예쁜 코스모스가 바람에 한들한들 춤을 추고, 운동장 가운데로는 역시 만국기가 아이들의 손짓인 양 펄럭펄

력 나부끼고 있어서 그날은 아이 어른 할 것 없이 축제의 기분에 들떠서 하루를 보냈다. 그렇지만 나에게 있어서 운동회는 결코 즐거운 날이 못 되었다. 달리기 같은 경주에서 사빠지는 아이가 없는 이상 꼴찌를 면할 수가 없었으니 말이다. 그때 생각에는 하다못해 3등이라도 해서 공책 한 권이나마 타가지고 구경나온 어머니에게 맡기고 돌아오는 아이가 제일 부러워서 못 견딜 지경이었다.

그것뿐만이 아니다. 한때나마 고향의 모교에서 교편을 잡고 있었을 때의 운동회도 부끄러운 기억밖에 남아 있지 않다. 운동회의 마지막 프로그램으로 교직원 간의 청백 대항 릴레이에서는 으레 내가 속하고 있는 편이 지게 마련이다. 그러니까 진 탓은 전적으로 내게 있는 것으로 아이들마저도 공박을 하고 나섰을 때, 운동회 때문에도 교원 노릇을 그만 두어야겠다는 생각을 아니 치 못한 것이다.

그런데 우리 아이가 달리기에서 놀랍게도 '3등'을 해서 아빠의 위신을 최소한이나마 세워주었으니, 원고 청탁을 받은 계제에 이런 소재를 두고 어찌 다른 이야기를 쓰겠는가. 팔불출이란 말을 곱빼기로 들어도 감수할 용의가 있는 만큼, 좀더 부연해서 내가 흔연欣然해 마지않은 소감을 피력해볼까 한다.

자빠지는 아이가 없었는데도 분명 우리 아이는 3등을 한 것이다. 그런데 사실은 판정을 보고 있던 상급반 아이의 착각으로, 그나마 '공식적'인 기록으로는 애석하게도 탈락을 하고 만 셈이다. 하지만 우리 부부는 "단연코 네가 3등을 한 것이다"라고 인정을 해준 것은 물론, 돌아오면서 3등상과 똑같은 공책 한 권을 상품으로 사서 아이 손에 들려가지고 할아버지한테 자랑토록 하였다. 어쩌면 내가 더 자랑을 하고 싶었는지도 모른다. 예상한 대로 아이의 할아버지 역시 '3등'도 퍽 대견한 듯이 칭찬을 해주시는 걸 보고, 실로 오랜만에 내가 '효도'를 한 것이 아닌가 해서 나 또한 마음 놓고 웃을 수가 있었던 것이다.

요즘도 나는 곧잘 그날 찍은 사진들을 꺼내놓고 구경한다. 특히 우리 아이가 달리기의 출발선에 서있는 모습이 찍힌 걸 보고는 절로 웃음을 금치 못한다. 주먹을 쥐고 있는 거라든지 눈동자(?)의 방향을 볼 때, 누구라도 우리 아이가 1등을 했을 것으로는 보기 어렵다. 나는 골인점을 지켜보지 않았으면서도 우리 아이에게 사진을 꺼내보이며 1등을 한 아이와 2등을 한 아이를 알아맞혔더니, 매우 신기해하는 표정으로 어떻게 알고 있느냐고 묻는 것이 아닌가. 그래서 사진을 똑똑히 들여다보도록 이르며 설명을 해주자 아이놈도 알겠다는 듯이 씩 웃고 만다.

분명 아이놈의 모습은 '나의 자화상' 이 아닐 수 없다. 출발 자세부터가 야무진 데가 없는데다 기껏 어느 포지션을 따놓고도 제 몫을 찾아먹지 못하는 점 등 어쩌면 그리도 아빠만 닮았는지…….

그래도 운동회날 꼴찌를 면할 수 없었던 나의 어린시절에 비하면, 3등을 했노라는 추억이나마 간직할 수 있게 된 아들아이가 더 행복한 인생을 살아가지 않을까 싶다.

사실 나는 운동회날 꼴찌를 했다는 부끄러운 기억으로 해서 그와는 다른 기량으로나마 기어코 '1등' 을 하고야 말겠다는 안간힘을 다해 오늘에 이르렀건만 어느 것 한 가지 좋은 기록을 수립했노라고 내세워 자랑할 것이 없으니, '꼴찌' 라는 꼬리표는 어쩌면 나에게는 떼어버릴 수 없는 숙명적인 마크인지도 모르겠다.

(1981)

외갓집 만들기

쯧, 쯧, 쯧, 쮸르르르르…….

제비가 처마 밑에 둥지를 틀고 드나들면서 지저귀는 소리다. 다섯 마리나 되는 새끼들까지 지저귀고 있어서, 집안이 온통 제비들 지저귀는 소리로 가득찬다.

마당에서는 여섯 마리나 되는 강아지들이 장난을 치면서 놀고 있는 것이 보면 볼수록 귀엽다는 생각을 갖게 한다. 고향집에 살 때 개를 길러보지 않은 것은 아니지만, 이렇게 여섯 마리나 실패 없이 길러 본 것은 처음이기 때문에 더욱 오지다는 생각을 갖게 하는지도 모른다.

마당 앞 담장 가로는 여남은 그루의 나무들이 각기 다른 얼굴로 눈길을 끌고 있다. 어느 나무인들 정이 안 가랴만, 유독 나의 눈길을 끄는 앵두나무를 들지 않을 수 없다. 빨간 열매가 많이도 달려 있는 것이 꽃들처럼 예쁘게만 보인다.

마당 한쪽 어린애 엉덩이만한 데에는 상추와 쑥갓이 심어져 있는데, 그 사이사이에는 봉선화 몇 포기가 하얀 꽃 빨간 꽃을 피워주고 있어서 한껏 시골집 분위기를 느끼게 한다.

아이들은 학교와 직장에 다들 나가고 집에는 아내와 나만 남아서 집을 보고 있는 셈이다. 아니, 집을 보고 있는 것은 아내이고, 나는 '외갓집'이란 주제의 수필 청탁을 받고 무엇을 쓸 것인가 고민 중이다.

외갓집이 없는 사람도 있겠는가만, 나에게 있어서는 외갓집 이야기로 수필 한 편을 써볼 생각이 날 만큼 좋은 추억거리를 지니고 있지 않기에 청탁에 응낙한 것이 후회스럽기만 하다. 그래서 아이들의 외갓집 이야기로 글 빛을 찾아볼까 했는데, 아이들의 외가는 너무 멀리 떨어져 있어서 자주 왕래를 하지 않다 보니 우리가 보통 떠올리고 있는 '외갓집'의 이미지로 부각시키기에는 알맞지 못할 듯싶어 잠깐 붓을 놓고 창 밖으로 눈길을 보내본다.

바로 그때 그곳에서는 정겨운 것들이 기다리고나 있었던 듯 말을 걸어오고 있지 않는가. 뭐라고 지저귀면서 집 주위를 날아다니고 있는 제비새끼들, 구유를 뻉 둘러서 밥을 먹고 있는 귀여운 강아지들, 빨간 열매를 꽃처럼 달고 있는 앵두나무, 손톱에 꽃물들이던 소녀가 생각나는 봉선화, 그리고…….

나는 문득 제목부터 떠올렸다. '외갓집 만들기'다. 그렇다. 바로 내 집이 '외갓집'이 되는 꿈을 그려보자는 것이다.

아내가 나에게 와준 나이를 생각하면, 큰딸과 작은딸은 벌써 결혼해서 아이를 한둘 두었음직하다는데 생각이 미치고 보면, 나의 '외갓집 만들기' 설계 또한 현실성이 충분하다고 본다.

우리가 보통 떠올리고 있는 외갓집의 이미지는 무엇일까?

어린 오누이가 시오리쯤 걸어가서, 미루나무들이 하늘을 향해 가지를 쭉쭉 뻗고 서 있는 동구 앞을 지나, 산자락 밑에 엎디어 있는 어느 초가집에 들어서면 외할머니와 외할아버지가 "우리 강아지들 왔구나!" 하고 반색하면서 맞는 집. 아니면 버스로 오십 리쯤 가서 내려 어미소와 새끼소가 풀을 뜯어먹고 있는 냇가 둑길을 가다가 원두막이 있는 참외밭을 지나, 들 가운데 있는 동네의 한 집을 찾아들면 외할머니와 외할아버지는 물론 외삼촌과 이모가 반색을 하면서 맞는 집이 바로 외갓집이다.

내 집이 그런 정경의 위치에 있는 것은 아니지만 서울이면서 교외나 다름없이 산이 있고 풀밭이 있고 공기가 맑아서 장차 외손주들의 외갓집으로 별 손색이 없겠다는 생각이 든다. 되도록이면 딸들을 그리 멀리 시집보내지는 않겠고, 외손주들이 찾아오면 좋은 추억이 될 수 있도록 지금부터 조금씩 준비를 하고 있는 중이다.

초등학교 5학년짜리 아들아이에게 우표 수집, 성냥갑 모으기 같은 취미를 갖게 하는 것도 '좋은 외갓집'이 되게 하는 배려이기도 하다. 조카들이 올 때마다 모아둔 우표와 성냥갑을 약간씩 선물하면 얼마나 좋아하겠는가. 뿐만 아니라 그 아이들에게 자연학습을 시켜주기 위해서는 삼촌이 먼저 알아둘 필요가 있다고, 오늘 아침만 해도 뒷산으로 같이 산책을 나가서 산딸기도 따 먹게 하고 개암 열매도 가르쳐주면서 옛날에 아버지가 소년시절을 보낼 때 즐겨 까먹었던 산 열매라고 자상한 설명까지 해준 일 역시 '좋은 외갓집'이 되게 하는 일련의 준비 과정에 드는 것이라고 말할 수가 있다.

방학이 되면 딸들은 제 아이들을 외갓집으로 쫓을 것이다. 아무리 둘러보아도 콘크리트 건물들만 눈에 뜨이는 삭막한 환경인지라 방학 동안만이라도 아이들을 자연에 접할 수 있게 하고, 곤충 채집이며 식물 채집 등 방학 숙제도 외갓집에 가면 쉽게 할 수 있다는 이유를 들어서 말이다.

우리 속담에 "외갓집 들어가듯 한다"는 말도 있지만,

외손자들은 아무 거리낌이 없이 저희 집보다도 더 만만한 집으로 여기고 있었던 만큼 외갓집은 아이들에게 허물없는 곳이기도 하다. 들어서자마자 앵두나무께로 가서 마구 따먹는 놈, 강아지들을 못 살게 굴면서 그 중 한 마리를 가지고 가겠다고 달라는 놈, 손톱에 봉선화 꽃물을 예쁘게 들여 달라고 제 이모에게 성화를 대는 아이 때문에 우리집은 매우 소란해질 것이 틀림없으리라.

그러잖아도 적잖이 다섯이나 되는 아이들을 기르느라고 편할 날이 없었던 아내는 말성꾸러기 외손주 놈들에게 이제 그만 네들 집에 가라고 야단을 치겠지만, 나는 더 좀 놀게 놔두지 그느느냐고 핀잔을 줄 것이다. 어린놈들은 야단치는 외할머니나 핀잔주는 외할아버지 소리에는 아랑곳하지 않고 계속해서 저희들 마음대로 떠들고 놀 것이라고 상상을 해보면 지금부터 유쾌해지기만 한다.

(1985)

효도 산행

　지난 일요일에 아버지를 모시고 의정부 교외에 위치한 산을 구경 갔다. 언제부터 가보자고 하신 것을 일요일이면 청탁 원고 쓰는 일 등으로 바쁘기도 하고 숙부 또한 사업 관계로 틈을 내기가 어렵다고 해서 미뤄오던 일을 오랜만에 아버지의 청을 들어드리게 되어 나의 마음도 좀 홀가분해졌다고나 할까. 어쨌든 이번 산행山行은 잘한 일이라고 생각된다.

　독자의 이해를 돕기 위해 미리 설명을 한다면, 의정부 근교에 조그만 가족 묘지를 사놓았는데, 노부老父께서 그것을 보러 가자고 하신 것이다. 팔순八旬의 아버지는 자나 깨나 그 생각을 하고 계셨는지 승용차 안에서도 기대에 찬 얼굴을 하고 계셨다.

　사실은 나도 그 산을 구경한 바가 없어서 나 나름의 상상을 해보기도 했다. 이왕이면 좌청룡左靑龍 우백호右白虎가 분명하게 내려온 산세山勢에다 그 앞으로 조그마

해도 물이 맑은 내가 흐르고 있었으면 하고…….

이 산은 고향의 한 마을 친구들과 공동으로 구입한 것인데, 우리집에 해당되는 구좌(?)는 전적으로 숙부에게 위임했던 만큼 얘기만 듣고 아우들과 의논해서 결정한 일이라서 따지고 보면 내가 부담한 돈이란 것도 기실 얼마 되지 않지만 산을 샀다고 하는 얘기를 쓰자니 겸연쩍은 감도 없지 않다.

고향이 너무 멀다 보니까 자주 갈 수도 없으려니와 자연 조상의 산소에 성묘하는 일도 태만해서 차라리 서울 가까운 산으로 면례緬禮를 모셔야겠다는 생각을 한 지가 오래다. 이와 같은 생각은 나만 하고 있었던 것은 아니다. 고향을 떠나 살고 있는 다른 친구들이나 나의 숙부도 마찬가지로 늘 염두에 두고 모색을 해왔기에 그 이야기가 누군가의 입으로부터 나오자 쉽게 뜻을 같이하게 된 것으로 생각한다.

마침 날씨도 쾌청한데다 신록의 계절이고 보니 차창 밖의 풍광이 한층 더 아름답게 보였다. 가로수로 심어 놓은 포플러나무는 훈풍에 기름이 도는 이파리들을 손짓처럼 흔들고 있다. 산의 소나무, 밤나무, 떡갈나무들도 세수를 한 소년처럼 한결 밝은 얼굴들이었고, 그 사이사이 핀 철쭉꽃은 자꾸만 고향의 산과 내로 나의 생각을 달리게 한다.

　도시의 번잡 속에서 심신이 곤비困憊해지면 생각으로나마 나의 영혼이 잠시의 휴게休憩라도 취할 곳은 고향의 산천이다. 그런데 나의 아이들은 고향에 대한 의식이 분명치가 못하다. 시골에서 출생한 아이는 시골이 고향이라 하고 서울에서 출생한 아이는 서울이 고향이라고 하질 않는가. 나는 이 아이들에게 아빠의 고향이 바로 너희들의 고향이기도 하다고 말해주었건만 별로 공감을 안 해 준 것을 기억한다.

　나는 생각했다. 이번 가족묘지의 결정은 우리 아이들에게 불확실하나마 하나의 고향의식을 정착시켜 주는 작업이기도 하다. 할아버지가 거기 묻히고 또 아버지가 묻힌다면 추석 명절 때에는 그곳에 성묘를 하러 갈 것이고, 그 의식이 거듭되는 가운데 그들도 하나의 향수를 가슴속에 간직하며 살게 될 것이라고 말이다.

　차가 마침내 의정부시를 지나 노폭이 좁아진 면도面道로 접어들자 나의 가슴은 설레기까지 했다.

　농가의 마을들을 지나고 물이 졸졸 흐르는 시냇물을 따라 야트막한 산 밑에 차가 멈추었다. 아버지를 부축해서 그 산에 오르는데, 이리저리 살펴보시더니 “참 좋다!”를 연발하시는 것이 아닌가. 그 탄사는 나도 마찬가지로 연발할 만큼 주위 풍광에 놀라지 않을 수 없었다. 어쩌면 그리도 상상으로 그린 것하고 똑같은지

…….

아버지는 그 옛날 당신 할아버지의 묘지를 정하면서도 지관地官을 불러 함께 여러 산들을 돌아본 경험이 있으시기 때문에 풍수지리風水地理에 상당한 안목도 갖고 계신 것으로 안다. 그런 아버지가 사놓은 산을 보시고 좋다고 하셨으니 풍수지리설로 보아도 명당을 잡은 셈이 아닌가 한다. 생전의 부모를 모시면서도 터가 좋은 자리에 지은 집에 사시게 하는 것이 도리에 맞는 일이듯이, 돌아가셔서 사실 유택幽宅 또한 터가 좋은 곳에 정해드리는 것이 백번이라도 마땅한 노릇이 아니겠는가 싶으니, 뒤늦게나마 불효를 조금이나마 덜게 된 것이 다행이라 싶었다.

수필에도 쓴 적이 있거니와, 나는 돌아가신 할머니를 공동묘지에 모신 일이 있다. 그러면서 그 옆의 공지가 괜찮아 보여 숙부와 상의하여 그 자리에 가묘假墓를 써놓았다. 아버지가 돌아가시면 거기 모시려고. 어느 해 추석에 할머니 산소에 성묘를 갔는데, 아버지는 문제의 가묘를 가리키며 탄식을 하셨다.

"저 묘를 좀 봐라. 성묘하는 자손들이 없어서 벌초도 안 해주니까 저토록 볼썽사납지 않느냐!"

다음 해 성묘를 갔을 때는, 가묘의 별초도 해야겠다 싶어 할머니 묘를 벌초한 다음 그 가묘께로 옮기려고 했더니 아버지가 헛일을 하려느냐고 나무라시는 것이 아닌가.

아뿔싸! 아버지께서 내가 쓴 수필을 읽고 만 것이다. 그 일은 안고부터 아버지는 지저리도 '집'은 다고나지 못했다는 신세 한탄을 하셨는지도 모른다. 지금 그 일을 떠올리시고 뒤늦게나마 동생과 자식들이 '좋은 집'이 될 수 있는 터를 마련한 것에 대해 일말의 감회에 젖고 계신 것일까?

볕이 잘 드는 자리의 잔디밭에 풀썩 앉으시더니 나중에는 팔베개를 하고 옆으로 누워보시기도 한다. 아버지의 얼굴은 안도의 빛이 완연하다. 숙부도 그 옆에 팔베개를 하고 누워보신다. 그러자 나도 그 다음의 자리에 팔베개를 하고 누워보고 싶었으나 앉아서 두 분의 얼굴 표정만 보는 것으로 그치고 천천히 산을 내려왔다.

뒤에서 보니 숙부의 머리가 아버지보다도 더 백발이다. 만일 내가 염색을 안 했더라면 먼데 사람의 눈에는 영락없이 '삼노인도三老人圖'로 비칠 것이라 싶으니 우울한 생각이 들기도 한다. 아버지와 숙부의 연세 차이가 많은 편이니까, 아버지 돌아가시고 나서도 상당한 세월이 흐른 다음 숙부가 돌아가셔야 되고, 또 그 후로 그만큼의 세월이 흘러서 내가 거처를 옮기게 되리라.

그리고 보니 우리 세 사람은 똑같이 장차 이사해서

살 집을 보러 간 셈이 된 것이다. 분묘墳墓의 사상도 시대의 흐름에 따라 많이 달라졌다고 보겠지만, 어쨌든 그 문제에 대한 관심을 적지 않게 갖고 계시는 어버이께 조금은 효도를 한 듯싶어 제목마저 〈효도 산행孝道山行〉으로 붙여본 것이다.

(1983)

집념에 산 사람

　'북메우기' 란 말은 국어사전에도 없다. 다만 최근에 발간된 《동아대백과》에는 기능 보유자인 박균석朴均錫 씨의 사진을 곁들여서 자세하게 설명되어 있음을 본다.

　일요일 아침 텔레비전에서 집념에 산 이들의 이야기인 '인간 가족' 을 시청한 이들은 '북메우기' 란 것이 국악기 중의 어떤 것에 대한 제작공정製作工程인가를 대략이나마 알 수 있을 것이다. 창唱을 할 때 북으로 장단을 맞추게 되면 훨씬 흥을 돋운다. 인생의 한恨과도 같은 가락이 가슴으로 여울져올 때, 나는 또 하나의 한을 감지하게 된다. 북에서 울려 퍼지는 소리, 그것은 곧 그 북을 만든 고장鼓匠의 한이기도 한 때문이다.

　'인간 가족—영천 공방靈泉工房', 중요 무형 문화재 제63호 박균석 씨는 나의 숙부가 된다. 숙부에 대해서는 〈어느 장인匠人의 영광〉(우직한 벽돌 쌓기 인생)이란 수필에서도 쓴 일이 있지만, 그가 나의 숙부라는 육친

관계를 떠나서도 집념으로 산 한 인간에 대해 경의敬意의 염念을 금할 수가 없다.

스스로도 얘기한 바처럼 그는 어려서 부친을 여의고 편모슬하에서 무진 고생을 하며 산 사람이다.

학교 공부라곤 해본 일이 없고 유산이라곤 가난밖에 물려받은 것이 없어서, '인생의 설계' 운운은 한갓 사치한 낱말이고, 다만 호구지책糊口之策이란 낱말만이 절박하게 제시되었을 뿐…… 그러니까 우연히 손을 댄 '북메우기'란 일도 그에겐 먹고 살기 위한 방편에 불과했었다고나 할까.

눈썰미가 있고 손재주가 있는 그가 정성을 다해서 만들었기에 그가 만든 '물건'은 종로의 큰 가게서 신용을 얻게 되었다. 그의 이름은 차츰 알려져서 나중에는 불국사佛國寺나 법주사法住寺 등 대찰大刹의 법고法鼓를 주문받을 정도로 실력을 인정받게 되었다.

배우지도 못했고 가진 것도 없었기에, '북을 만드는 일' 자체가 그에게는 유일한 생계수단이었다. 그러므로 거기에 전력을 기울여 몰두할 수 있었고, 그렇게 해서 소산所産된 북에서는 한이 서린 한 인간의, 맥맥이 흐르고 있는 한국인의 얼이 담기게 된 것이 아니었던가 싶다.

그는 1979년 제4회 인간문화재 공예 작품전 입상 발표에서 대통령상을 수상했다. 수상 작품은 법고인데, 높이 1.5미터에 지름이 1.8미터나 되는 대고大鼓였다. 이듬해인 1980년, 그의 나이 62세에 무형문화재로 지정받았으며, 그후부터는 '물건'을 만드는 사람이 아니라 '작품'을 제작하는 사람으로 '북메우기'를 전수傳授해야 하는 사명까지 띠게 되었다.

고장이 무형문화재로 지정을 받게 된 것은 그가 처음이었고, 따라서 '북메우기'라는 명칭도 그에게 처음으로 붙여지게 된 것이어서 생소한 느낌도 없지 않았지만…….

그런데 '인간 가족'에 출연한 박균석 씨는 옛날하고 조금도 달라진 것이 없었다. 방송국 기자의 질문을 받고도 마치 '물건'을 주문하러 온 고객과 얘기하듯 하나도 꾸미지 않고 자기 생각을 털어놓는 거였다. 기자가 '물건'이란 말 대신에 '작품'이라고 하니까 그는 퍽 쑥스러워하면서도 그의 얼굴은 장인의 의연함을 보여주었다

나는 그런 얼굴을 얼마 전 김포공항에서도 보았다. 하와이 아카데미미술관 초청으로 그곳에 가서 미국 교포와 외국인들에게 한국의 고전 악기가 어떤 공정에 의해서 만들어지는가를 보여주고 돌아온 것이다.

검은 머리는 없고 숫제 은발로 웃음을 머금은 숙부의

얼굴, 웃음을 보이게 되면 슬픔의 그늘이 어디론가 자취를 감추고 마는 얼굴이었다.

가난과 역경 속에서 살았으면서도 그 얼굴에 '가난'이란 문자가 적혀 있지 않는 얼굴, 그런 한국인의 얼굴이기에 어느 해의 국제관광공사 선전용 캘린더에는 명승고적 사진들 속에 유일하게 숙부의 얼굴이 북과 함께 클로즈업되어 들어 있던 것을 기억한다

40분 간이나 방영된 '인간 가족' 프로그램이 다 끝나자 집사람은 나에게 한마디 일침을 놓았다.

"숙부님은 지식도 없으신데 말씀을 아주 잘하시네요."

'문학 산책' 인가 하는 단 10분짜리 프로그램에 나가서도 원고를 읽고 때웠던 나의 경우를 두고 아내가 핀잔하는 소리다.

"숙부님이 지식이 없으시다고? 천만의 말씀, 북 만드는 일에 대한 지식은 대한민국에서 제일이야."

"당신은 그럼 문학(수필)에 대한 지식이 부족해서 방송에만 나가면 그리 쩔쩔매는 거예요?"

아내가 지적한 대로 나는 아직 나의 문학을 숙부의 '북메우기' 일처럼 담담한 경지에까지 올려놓지 못한 것 같다.

남 앞에 나가서 말을 할 때, 내가 지니고 있는 것보다

더 낮게 보이려고 하는 그 못난 생각으로 해서 도리어 어색한 꼴이 되고 만다.

'북메우기' 란 말이 촌스런 느낌이 들지 않느냐고 해서 현대적인 감각이 풍기는 말로 표현한답시고 '북메이커' 라고 망발을 하는 이가 없기를 바란다.

그런데 그 말을 누군가가 나를 지칭하는 말로 쓴다고 하면 그때 나는 무슨 말로 대응을 해야 하나?

북鼓 메이커(maker)는 해학적인 면이라도 있지만, '북' 도 '메이커' 도 다 영문인 Book-maker는 '북메이커' (부크메이커)의 뜻으로 매우 모욕적인 지칭이 된다.

부크메이커, 돈을 벌기 위해 마구 저술著述을 하는 사람을 뜻한다.

만일 나의 숙부가 '북메우기' 를 '북메이커' 로 했다면, 그는 돈은 벌었을지라도 오히려 '가난한 사람' 을 면하지 못했을 것이고 '인간 가족' 의 자격도 얻지 못했을 것이다.

나의 숙부가 '북을 메울 때' 들이는 정성처럼 나역시 '원고지를 메울 때' 더욱 정성을 들이고자 한다. 정성과 사랑이 없이는 어느 것 하나도 이루지 못한다. 평범한 말이지만 실천하기는 어렵다. 나는 속으로 이 말을 새겨보고 고달픈 '원고지 메우기' 를 끝내고자 한다.

(1984)

가을 연주를 위해

나는 요즘 무보수 사서司書 노릇을 하고 있다. 집에 있는 책들을 분야별로 정리를 하면서, 이 책은 누구에게 읽혀야 되겠구나 싶으면 그 아이의 방 책꽂이에 꽂아 주고, 어떤 책은 여름 동안의 누기를 가시게 하려고 햇볕 드는 마루 쪽으로 내놓기도 한다. 고서 취급이 될 만큼 낡은 책은 조심스럽게 먼지를 털고 찢어진 데를 붙이는 등 몸을 움직이다 보니 밥맛도 나고 불면증으로 고생하는 일도 없어졌다.

우리집 도서실(?)의 책들은 나의 문필 작업과도 관련이 있어서 문학서적이 많고 그 중에서도 수필 관계의 책들이 많다. 시, 소설, 수필 등 장르별로 대충 분류를 해서 꽂아두었건만 집의 아이들은 어느 책이 어디 꽂혀 있는지를 잘 모른다. 그도 그럴 것이 저작 연대순이라든지 작자명의 가나다순이라든지로 되어 있지 않거니와 더러 장서 카드라는 것도 비치되어 있지 않아 무슨 참고할 책을 찾을 때에는 "아버지!"부터 부른다. 나는 마치 "사서 선생님!" 하고 불린 것처럼 기분이 좋아서 얼른 응해준다. 어느 때는 바로 자기 책상 책꽂이에 꽂힌 책도 잘못 찾고 나를 부른다. 그럴 적에도 싫다는 내색 않고 찾아준다. 그만큼 나는 사서로서 임무 수행을 잘하고 있는 셈이다.

아침에 아이들이 직장과 학교로 바쁘게 집을 나가고 나면 그 뒤부터 나의 일과는 시작된다. 학교 교사로 있는 딸아이의 방은 교과 지도안 작성을 하느라고 이 책 저 책 뽑아놓고 보다가는 미처 제자리에 갖다 놓지 않아 어수선하다. 백과사전 같은 건 꽤나 무거워서 나의 운동량 부족을 보충해 주고도 남는다.

이 시간, 아내는 차를 끓인다. 누군가의 수필이 아니라도 먼 산이 불려나온 듯이 가깝게 다가서고, 산들산들 부는 맑은 바람 속에서는 낙엽 타는 냄새가 고소하게 나는데 그윽한 향기가 콧속으로 스며드는 커피 맛을 즐길 수 있다고 하는 것은 가을이 아니면 맛보기 어려운 정취가 아닌가 한다.

그 다음은 대학에 다니고 있는 딸아이의 방에 들어가 본다. 책꽂이에는 주로 문학에 대한 이론서들이 꽂혀 있음을 본다. 내가 읽은 책도 있지만 거의는 그 아이가 보는 전공 서적들이다. 나는 이 책들을 항상 눈여겨보았기 때문에 한번만 눈을 주어도 어느 책이 어디에 꽂혀 있는지를 척 알아내고 만다.

위로 세 아이들이 대학을 나왔거나 지금 다니고 있기에 어느 아이에게나 전공서적들이 적지 않은 양을 차지하고 있어서 그것들을 바라보는 자체가 기쁨이 된다. 금박으로 적힌 무슨 연구라는 책을 뽑아들고 펼쳐본다. 큰마음 먹고 사주었던 책인데, 잉크 냄새가 확 끼치는 것이 그렇게 기분이 좋을 수가 없다. 고심참담하면서 쓴 원고, 그 원고료로 사준 책이기에 감개가 더한 것인지도 모른다.

똑같은 무게의 것일지라도 책은 다른 물건에 비해 더 무겁다는 느낌을 준다.

나는 우리집 서가에 꽂혀 있는 책들은 하나같이 노작勞作이고 역작力作이라는 것을 안다. 그 책들의 무게에서 그걸 실감할 수 있다고나 할까. 아무튼 나는 우리 아이들이 보고 있는 책들이 황금의 거위알인 양 소중스럽게만 생각된다.

대학에서 교직 과목을 이수하고 있는 딸아이가 '국어 교수법' 시간에 이희승李熙昇 선생의 〈청추 수제清秋數題〉란 수필을 가지고 발표하기로 했다면서 참고 서적을 챙겨 달란다. 수필 관계 서적이라면 누구 못지않게 가지고 있음에랴 어찌 흔쾌하지 않겠는가. 수필을 쓰고, 수필을 말하고, 수필 서적을 모으는 일들이 모두 이 아이를 위해 한 것처럼 느껴지기도 한다.

벌레, 달, 이슬, 창공, 독서 —이 언어들은 〈청추수제〉 속에 들어 있는 소제목小題目들이다.

나는 문득 이런 생각을 해본다.

딸아이는 마치 바이올린이란 악기를 가지고 벌레, 달, 이슬, 창공, 독서 등의 현絃을 뜯어 〈청추수제〉란 음악을 연주하고 있는 것이라고…….

이 다음에는 학교 교사로 있는 아이가 연구 발표를 한다고 말할지도 모른다. 그때도 나는 적어 준 참고 도서들을 챙겨 주느라고 바쁘게 될 것 같다. '우리집 도서실'에 없는 것이면 시내 책방엘 나가서 구해보려고 바쁜 걸음을 칠 것이다.

책방 순례를 하는 것은 기쁜 일과 중의 하나다. 자신이 보고 싶은 책들을 사기 위해 책방을 순례하는 것도 기쁜 일이지만, 아이들이 부탁한 책을 사기 위해 책방을 순례하는 것은 더욱 기쁜 일이다.

그 책을 사들고 나올 때에는 음악에 리듬이라도 맞추는 듯 발걸음이 사뭇 경쾌하게 느껴진다.

지금의 나는 우리집 아이들의 가을 연주演奏를 위한 매니저일 따름이다.

(1984)

액자적 풍경

사진으로 보면 실제의 풍경보다 아름답게 느껴진다. 사진작가의 시각을 통해서 포착된 것일 때에는 더욱 그러하다.

시골에서 아이들의 외할아버지 내외분이 오셨을 때 '민속촌'에 들러 찍은 사진들을 보고 있으려니 감회가 새롭기만 하다. 액자적額子的인 효과인지는 몰라도 두고 두고 기념이 되겠다 싶게 마음을 붙잡는 것이 아닌가.

방울방울 떨어지는 약수를 표주박에 받아 영감님께 건네주고 있는 할머니, 그걸 벌컥벌컥 마시고 있는 할아버지가 찍힌 사진은 누가 보아도 아름다운 풍경이 아닐 수 없다. 약수가 떨어지는 바위 모양은 흡사 엎드려 있는 거북 같다. 천년을 산다는 영물靈物인 거북말이다. 그지없이 다정한 모습으로 적힌 이 한 장의 사진만 가지고도 아내는 행복한 사람 되기에 부족하지 않을 것 같다.

　사실은 나도 민속촌 구경은 처음일 뿐 아니라 지금은 고향에 가도 보기가 힘들다고 하는 초가집, 디딜방아, 물레, 베틀 등을 보고 있자니 짙은 향수가 일어 소년적인 감상에 젓기도 한다.

　나는 되도록이면 할아버지 할머니 내외분을 많이 찍어드렸다. 다음으로는 모녀를, 그리고 나 혼자만은 어느 가난한 집 사립문 앞에서 찍힌 것으로 만족했을 따름이다.

　시골 장터의 옹기전 앞에서 찍힌 모녀의 모습이나 물레방앗간 앞에서 찍힌 그 모녀의 사진을 보고 있으면, 어머니와 딸로 이어지는 '여자의 길'이 어떻다는 것을 말해주고 있는 것만 같다.

　　끝업시 도라가는 물레방아 박휘에
　　한닙식 한닙식 이내 추억을 걸면
　　물속에 잠겻다 나왓다 돌때
　　한업는 뭇기억이 닙닙히 나붓네

　　박휘는 끝업시 돌며 소리치는데
　　맘속은 지나간 옛날을 찾아가
　　눈물과 한숨만을 지어서 줍니다.

연포시비蓮圃詩碑 전면에 새겨진 연포 이하윤異河潤의 〈물레방아〉란 시다. 3절까지 다 옮겨 적지 않아도 두 여인의 심경을 표백表白해 주기에 부족하지 않을 것 같다.

나는 장모님을 보면 문득 돌아가신 어머니 생각이 간절해진다. 장모님은 올해 연세 고회古稀를 넘겨 73세가 된다. 어머니도 살아 계시다면 꼭 그 연세가 되는 만큼, 나는 장모님을 호칭할 때도 그냥 '어머니'라고 부른다. 단순히 '아내의 어머니'라고 해서 그렇게 호칭하는 것이 아니라, 장모님은 어찌 그리도 나의 어머니와 출생에서부터 적빈赤貧의 생활을 감내하는 것까지가 똑같은지 두 분이 그냥 '어머니'라는 개념으로 짙게 인식될 뿐이다.

어머니는 말이 없으셨다. 누구를 원망하는 것을 들은 일이 없다. 모든 것이 당신의 팔자 소관이거니 하고 체념을 하신 때문인지도 모른다.

어머니에겐 '자기'라는 것이 존재하지 않았다. 오직 '남편'과 '자식'만이 존재했을 뿐이다. 그 '남편'과 '자식'만을 위해 사시다가 53년의 세월만 사시고는 이승을 떠나셨다.

아내의 어머니도 나의 어머니처럼 말이 없으시다. 물레방아 돌고 있는 앞에 나란히 앉아 있는 두 모녀. 그 사이엔 오고가는 대화가 없다. 그런데 한 가지 기이하게 생각되는 것은 소리내어 하는 대화는 들을 수 없었지만 이심전심, 그냥 마음으로 다 통하고 있는 듯이 보인다.

나는 장모님이 마음을 조금은 짐작할 것도 같다. 오래 전 얘기지만, 딸의 혼사를 정하고 돌아온 영감님이 얼마나 원망스러웠을까. 가난하다는 것도 문제지만, 사위 될 청년이 도무지 미덥지가 못해서 많은 날들을 마음 아파 하셨으리라 생각하면, 뵈올 적마다 송구스런 마음 금할 길이 없었다.

장모님은 딸에게 이렇게 말하고 있는 듯이 보였다.

"나는 문학이 무엇인지는 모르지만, 어쨌든 배고픈 직업이라는 건 들어서 안다. 건강이 안 좋은 사람, 돈 못 버는 글쟁이 남편 따라 사느라고 참 고생이 많았을 것이다."

딸인 아내가 뭐라고 대답했는지는 잘 모르겠으나, 어머니가 걱정했던 것만큼 그렇게 고생스럽지는 않았다고 대답했을 것만 같다.

아내는 말이 없는 것까지가 자기 어머니를 닮지 않았나 싶다. 호수로 치자면 물새 한 마리 날지 않는 고요한 수면 바로 그것이었다. 좀 답답하다는 생각을 하지 않은 것은 아니었지만, 지금에 와서 생각하니 나의 마음을 언제나 편하게 해주는 고향 같은 이미지를 주는 존재가 아닌가 한다.

나는 두 모녀가 찍힌 사진을 다시 들여다보았다.

장모님께서 이번에는 이렇게 말하고 있는 것 같다.

"나는 오늘 너에게 좀 칭찬을 해주고 싶다. 용케도 잘 참고 살아주어서 이제 너도 사위까지 보게 되었다니 말이다."

그러고 이 한 마디 당부 말은 빼놓지 않으셨으리라.

"너의 딸 혼사를 정할 때는 양보해서는 안 되는 것이 있다. 네가 보아서 건강치 못하게 생겼거나 돈벌이가 신통치 못한 직업을 가진 사람일 것 같으면 결코 승낙하지 말아라. 뭐니뭐니해도 여자는 남편을 잘 만나야 행복하다."

아마 나의 장모님 생각에는 가난으로 인한 여자의 고생은 당신과 딸의 2대면 족하지 더 이상 연장되어서는 안 된다는 생각이신 것 같다.

나는 또 하나의 사진을 들고 본다. 아내와 내가 나란히 서서 찍은 사진인데, 배경에는 '천하대장군天下大將軍'과 '지하여장군地下女將軍'의 장승이 우뚝 서 있다. 대학에 다니고 있는 셋째딸이 이 사진을 보더니, 아빠 엄마가 길게 찍혀서 좋아 보인다고 책상 위 유리판에 넣고 보겠다고 달라고 한다.

사람들은 '천생 연분'이란 말을 자주 쓴다. 나 또한

그 말이 내포하고 있는 뜻은 약간은 이해할 것 같다.

"너희들 두 사람 짝지워놓으니 보기에 좋도다."

남자와 여자가 부부의 인연을 맺고 산다는 것은, 절대자의 눈으로 볼 때는 액자적인 한 풍경에 지나지 않을 것이다. 아니, 어쩌면 이 세상 모든 현상은 절대자가 일일이 배려한 스냅 사진인지도 모른다.

(1984)

그 섬에 가고 싶다

내 이름을 잘못 부르는 이들이 적지 않다. 연演이라는 글자가 연설演說, 연극演劇 등 제법 빈도가 있는 낱말에 적혀지고 있건만, 내 이름을 부를 때 '박연구' 라고 하지 않고 '박인구' 라고 하는 이들이 적지 않다.

그 이유는 삼수변[氵] 옆의 글자가 동방 인寅자 인고로 그렇게 부르기도 하겠지만, 사실은 '박연구' 보다는 '박인구' 가 발음하기가 쉽기 때문이 아닌가 한다. 그래서 한때는 삼수변을 떼어버리고 필명으로 쓸까도 했지만 가친께서 적지 않은 작명료를 들이며 필히 삼수변을 넣어 작명한 것을 알고 나서는 애당초의 이름을 계속 써오고 있다. 내 사주四柱에 의하면 물이 부족해서 물이 있는 글자를 넣어 작명을 하였다고 한다. 따라서 거주지도 물이 있는 지명의 고장이면 좋다고 하며 실제로도 물이 있는 고장이면 더욱 좋다고 한다.

내가 출생한 고장도 물이 있는 지명〔潭陽〕이어서 좋았

다는 생각이 든다. 고향을 떠나서 서울에 산 지도 오래 되었지만 서울 역시 옛 이름은 물이 있는 지명〔漢湯〕이 어서 마음에 들었다. 그런데 서울이 병적으로 비대해진 거대 도시가 되고 보니 공해가 극심한 이 도시를 떠나 서 살고 싶은 생각이 들기도 한다.

이는 어디까지나 마음뿐이지 실현 가능성은 없었지 만, 만일 서울을 떠나게 된다면 역시 물이 있는 지명으 로 춘천春川이 좋겠다는 생각을 한 일이 있다. 다 알고 있다시피 춘천은 호반湖畔의 도시로 풍광이 아름답고 공기가 좋아 살기 좋은 고장이 아닌가 한다. 어느 해 춘 천에서 펜클럽 세미나가 열려서 가본 일도 있는데, 교 통이 복잡하지 않아 한적한데다 도시를 에워싸고 흐르 는 소양강의 맑은 물을 바라보면서 언젠가는 이곳에 와 서 살았으면 하는 마음을 굳힌 일도 있다.

그런데 뜻하지 않게도 춘천과 깊은 인연을 맺게 되었 다. 넷째딸인 막내딸이 이곳의 한림대에 입학을 하였기 때문이다. 규모는 크지 않은 대학이지만 이미지가 괜찮 아서 딸아이를 달래고 달래어서 이 대학에 응시를 하도 록 했다. 재수를 한 끝이라 또 떨어지면 큰일이다 싶어 어찌됐든 합격이 되었으면 하는 마음도 상당한 비중으 로 작용한 것은 물론이다. 응석꾸러기 막내딸을 어떻게

외지에 내보내나 걱정이 안 되는 것은 아니었지만, 딸아이가 춘천이란 고장에 정을 붙일 동안 그 핑계 대고 내가 그곳에 가서 지내려니 하는 생각까지도 해보았다.

입학식이 있던 날, 아내와 나는 딸아이를 데리고 캠퍼스 여기저기를 돌아다니며 사진을 찍었다. 그리스에서 직송하여 세웠다는 다비드 상 앞에서도 찍고, 소양강이 내려다보이는 학생관 앞에서도 찍었다.

"사람들 사이에 섬이 있다/나도 그 섬에 가고 싶다"(정현종의—섬).

아내와 나는 딸아이를 데리고 이태리식 피자전문점이란 '섬'에 들어갔다. 이 집은 춘천 한림대 부속병원 앞에 자리잡고 있었는데 건물 생김새부터가 특이했다. 지붕 모양이 삼각형이고 입구에는 제재소에서 가져온 듯한 지스러기가 많이도 쌓여 있으며, '섬'이란 한 글자의 옥호가 흡사 소양강 한가운데 떠있는 한 섬처럼 느껴지기까지 하였다.

내부 장식도 특이했다. 홀 중앙에는 지스러기 땔나무로 피우는 난로가 있었고, 여기저기 테이블에는 남녀 학생들이 피자파이를 먹는가 하면 커피를 마시고 있었다.

나는 커피를 들면서 딸아이를 안심시키느라고 조금은 과장도 하면서 학교도 마음에 들고 도시도 마음에 든다고 말해주었다. 특히 '섬'이 마음에 들어서 엄마와 함께 가끔 찾아와서 피자파이도 사주고 커피도 사주겠다고 말해주었다.

나는 또 이런 얘기도 해주었다. '한림'이란 대학 명칭이 일마나 중한가. 한림원翰林院은 바로 아카데미를 뜻하고 있다. 고려 때의 명칭이기도 하거니와 뒤에 바꿔 예문관藝文館이란 명칭도 좋다고 생각한다. 중국 당나라 때도 한림원이란 명칭이 사용된 적이 있음을 안다. 나는 이 명칭의 유래에 더 관심이 있다. 한翰은 깃털로 만든 붓, 임林은 모인다는 뜻으로서, 옛 중국에서 문필가가 모이는 장소를 한림이라 하였다. 한림원은 문장에 능한 선비·학자, 의복술醫卜術에 능한 사람, 한 가지 예재藝才에 뛰어난 사람들이 뽑혀 모인 곳이다.

아내와 나는 춘천이란 '섬'에 딸아이를 떼어놓고 택시를 탔다. 아내와 나는 딸아이의 모습이 안 보일 때까지 손을 흔들어주었다. 남춘천역으로 향하는 택시에서 아내는 끝내 손수건을 꺼내 눈물을 닦았다.

나는 그런 아내를 위로해줄 입장도 못된 것이 안타까웠다. 어떤 점에서는 내가 더 눈물이 많은 사람이다. 나는 텔레비전 연속극을 보다가도 곧잘 눈물을 흘리는 사람이다. 기차를 타고도 아내와 나는 서로가 방향이 다른 창문 쪽으로 눈을 준 채 말이 없었다. 기차는 점점 딸아이가 있는 '섬'에서 멀어지고 있었다. 강촌江村, 남이섬, 청평淸平 등을 지나치면서 나는 무던히도 나의 마음을 자제하려고 애를 썼다.

눈물이 가슴 복판으로 흐르고 있음을 감지하면서 어느 한 생각에 나의 마음을 달래었다. 틀림없이 나의 딸아이는 주말이면 기차를 타고 경춘선 주변의 아름다운 풍광을 바라보면서 시심詩心을 닦고 또 닦아 고등학교 때의 관록을 아낌없이 발휘해줄 것이라 믿으면서.

딸아이는 D여고 2학년 때 문예반장으로 《심원心苑》이란 문집도 편집한 일이 있다. 나는 그 옛날 고등학교 시절에 문예반장은커녕 문예반에 끼이지도 못하고 그 당시 학생 시인으로 이름을 떨치고 있던 박봉우朴鳳宇 문예반장에게 사정을 해서 《광고光高》란 교지에 수필 한 편을 겨우 실을 수 있었을 뿐이다. 그러기에 오랜 뒷날 나의 딸아이 문예반장으로부터 D여고 문예반 문집 초대석에 수필 한 편 써달라는 원고 청탁을 받았을 때는 그 어느 원고 청탁보다도 반갑게 생각되어 기꺼이 응낙했던 기억이 새롭기만 하다.

(1988)

커피 유감

아침 여덟 시. 아내와 나는 마주 앉아서 커피를 든다. 극성을 부리던 더위도 물러나고 조석으로는 산들바람이 불어오고 있을 때의 커피 맛이란 한결 풍미를 더해 주는 것 같다. 커피는 숭늉이나 마시듯 후딱 잔을 비워 버리면 제 맛을 음미할 수가 없다.

어쩌면 커피는 마시기 전에 풍겨오는 향기에서 더욱 매혹되는지도 모른다. 커피의 향기가 코끝을 스칠 때 조용히 잔을 들어 마치 사랑하는 여인과 키스를 하듯 입에 댄다. 그러므로 잔의 모서리는 엷은 것보다는 도톰한 것이 질량감이 있어서 좋다. 한 모금, 또 한 모금 마시고 나면 마주 앉은 여인의 얼굴이 더욱 예쁘게만 보여지는 것은 어인 까닭일까?

다 아는 바와 같이 커피에는 카페인이 1.5퍼센트 가량 함유되어 있다. 카페인은 술과는 그 흥분 양상이 판이하여 지능을 고무시키고 강심強心 · 이뇨利尿의 중요한 작용을 한다.

　나는 커피가 갖고 있는 두 가지 특성 때문에 애음을 하고 있는 것 같다. 물론 기호하는 중요한 이유는 독특한 맛에 있다고 하겠지만, 마시고 나면 쾌적해지는 몸의 컨디션 때문에도 아침 시간의 한 잔은 나의 빼놓을 수 없는 메뉴가 되고 있다.

　누군가는 이른 아침 막 잠에서 깨어났을 때 담배를 피워무는 대신 커피 한 잔을 마시는 것으로부터 하루를 시작한다고 한다. 그것도 젊은 가정부가 갖다 주는 것을 받아 마시고 있다니…… 나야 젊은 가정부가 갖다 바치는 것을 마시는 호강까지야 바랄 수 없지만, 아무것도 먹지 않은 공복 상태에서 제일로 즐기고 있는 커피부터 접한다고 하는 것은 그야말로 유쾌한 기분일 게다. 커피가 위에 해롭다는(특히 위가 안 좋은 사람에게는) 소리를 많이도 들었기 때문에 계란 프라이 한 개와 우유 한 잔으로 위에 코팅을 하고 난 후에라야 커피를 즐기고 있는 사람으로서는 더없이 부러운 처지가 아닐 수 없다.

　하루에 한 잔, 그것도 아침에 한 잔만 든다고 하는 것은 별로 해롭지 않은 것인지, 위가 부실한 사람이면서도 별로 해되는 것을 모르고 지낸다.

　Y교수가 어느 잡지에 연재하고 있는 〈자연 건강 식

품〉을 즐겨 읽고 있는데, 지난 어느 달치에는 '커피'라는 제목이 붙어 있어서 의아심과 호기심을 가지고 읽어본 일이 있다. 1551년 터키의 이스탐불에 최초의 커피집이 문을 열었고, 우리나라에서도 1896년 서울에 와 있던 러시아인이 경영하던 손탁[孫澤] 호텔 속에 다실茶室을 병설했는데, 이것이 다방의 효시라는 것은 전에도 들어본 일이 있다고 생각되었지만, 커피에도 영양적인 큰 이점이 두 가지나 있다고 하는 것은 처음 알았다.

그 하나는 수용성 비타민인 나이아신이 매우 많은 점이다. 쌀이나 밀가루보다 거의 10배, 콩보다 5배나 더 많다. 나이아신이 부족하면 구강염이나 위염·설사가 일어나기 쉬우며, 위염이 계속되면 위점막이 퇴행 변화를 가져와 무산증無酸症이 되기도 한다. 나이아신 부족이 되면 위암 발생의 원인이 되는 것으로 알려져 있다. 커피가 갖는 또 하나의 특징은 중요한 미네랄의 하나인 칼륨이 많은 것이다. 만일 저칼륨 혈증이 되면 권태감이 생기고 근육이 약해져 활동력이 무뎌진다. 칼륨은 일반적으로 식물의 종자에 많이 들어 있는데, 커피 5그램을 써서 만든 커피 한 잔 속에는 225밀리그램이나 함유된다. 백미 1백 그램 중에는 89밀리그램밖에 없으며 칼륨이 많은 양배추조차 1백 그램 중에 199밀리그램이 들어 있을 뿐이다.

커피에 대한 이런 지식을 얻고부터는 '영양 음료'라고 생각하면서 마시고 있다. 단 많이 마시는 것은 금물로 여기고 이를 지켜왔을 따름이다.

이 이야기를 커피기피증 환자이기도 한 친구에게 말했더니, 그런 식으로 한다면 "맹물에도 영양가가 있다"고 한 마디로 남의 성의 있는 이야기를 묵살해 버리는 것이 아닌가. 나는 그 말을 들었을 때, 내가 가장 사랑하는 여인을 두고 "그 얼굴의 어디가 예뻐서 구원久遠의 여인상이라고 하느냐"고 면박을 주는 사람만큼이나 미운 생각이 들기도 했다.

나는 또 한 사람을 그 같은 감정으로 좋지 않게 여기고 있다. 그가 쓴 수필 중에 이런 구절이 있다.

"시는 작설차雀舌茶, 통속소설은 커피, 수필은 송엽차松葉茶다."

내가 문제삼고 싶은 것은 커피를 통속소설에 비유한 점이다. 나의 사랑하는 여인을 품행이 방정치 못한 여자로 한정하는 것 같아서 하는 말이다. 나는 그에게 독일의 문호인 괴테가 한 말을 들려주고 싶다. "악마와 같이 검고, 지옥과 같이 뜨겁고, 천사와 같이 순수하고, 키스와 같이 달콤하고……" 이와 같은 속성을 지닌 커피를 어찌 '통속소설'이란 한 마디로 격하시키고 말 수가 있겠는가.

비단 괴테뿐만 아니라 커피를 매우 사랑한 사람 중에는 발자크, 루소, 볼테르 등이 있다. 불후의 명저 《에밀》과 《사회계약론》 등을 쓴 루소는 운명하기 직전에도 "이, 이젠 커피진을 손에 들 수가 없게 되었구나"라고 말했을 정도로 커피를 사랑했던 사람으로 알려져 있다. 그의 이 말은 "다시는 커피를 마시면서 사유思惟할 수 없게 되었구나" 하는 의미로 해석해볼 수도 있으리라. 우리에게도 잘 알려진 《골짜기의 백합꽃》, 《사촌누이 배트》 등 수많은 걸작 소설을 쓴 발자크는 또 "상상력이 풍부한 이 기계적인 노동 활동을 촉진시킨 것은 커피라는 검은 기름이었다"라고 말했다 한다. 커피를 예찬한 사람이 어찌 그뿐이겠는가. 우리 주변에도 얼마든지 있다는 걸 알고 있지만 생략한다.

공연스레 흥분을 한 것 같다. 나는 아내에게 커피 한 잔만 달라고 말했다. 이럴 때 드는 커피는 진정제의 효능이 있다지 않는가.

아내는 두 잔을 쟁반에 받쳐들고 나온다. 처음에는 쓴 맛만 있다고 싫어하더니 지금의 나보다도 즐기고 있는 편이다. 부부란 기호하는 음식까지도 닮아가는 모양이다.

커피잔에서 피어오르는 김이, 마치 담배가 탈 때 피어오르는 자연紫煙처럼 생각되었다. 가느다랗게 피어오르는 '자연' 저쪽으로 비치는 여인. 좀 나이들어 보이기는 해도 나의 여비서로서 그리 손색은 없을 것 같은 용모로 비쳤다.

아이들은 다 직장이나 학교에 가고 그때부터 나의 일과(주로 원고를 쓰는 일이지만)가 시작되고 보니, 무슨 책을 찾아 달라, 차를 끓여오라는 등 심부름에 응하는 사람이 어찌 비서 아니랄 수 있겠는가. 그러다가도 나갔던 아이들이 다 돌아오고 나면 아내는 다시 비서라는 직분에서 놓임과 동시에 저녁 준비에 바빠야 하는 우리 집의 주부로 돌아가고 만다.

(1984)

셋째딸의 패션

나의 셋째딸은 우리집 패션모델이다. 입는 옷이 매일 달랐지만, 그때마다 새로운 얼굴을 보여주어서 "옷이 사람을 만든다"는 말을 실감한다. 그만큼 그 옷이 그 아이에게 잘 어울려 보인 것이다.

우리집 사정을 잘 모르는 사람은, 부잣집 딸인가 보다고 하겠지만, 사실은 그 옷들이 전부 남의 것일 뿐이다. 대학 3학년인 셋째딸은 위로 두 언니들이 출근을 하고 나면 큰언니 방, 작은언니 방을 왔다 갔다 하면서 제 맘에 드는 걸로 입어보고 거울 앞에서 패션쇼를 보인다. 언니가 모처럼 '과지출'을 해서까지 산 것으로 알고 있는 '비싼 옷'을 입고 나갔을 적에는 임자가 퇴근을 하기 전에 들어온다고 제 딴엔 서둘러 귀가를 한다는 것이 그만 들키고 마는 경우가 있다.

이때 아내와 나는 좀 난처해진다. 두 자매 사이에 옷 문제로 다투기라도 한다면 그 어느 편도 역성 들어줄 수가 없기 때문이다.

그런데 참 이상한 일이다. 언니 되는 딸아이는 동생 되는 딸아이의 새로운 얼굴을 보고 남의 옷 입었다고 나무라기는커녕 패션모델에 대한 사례를 못해 주어서 미안하다고 말하는 것이 아닌가.

큰아이는 말할 것도 없고 둘째아이도 자기들이 입으려고 산 옷을 우선 동생에게 입혀보고(사실은 동생이 항상 주인 몰래 입어보는 것이지만), 모종의 패션에 대한 자신을 갖게 되는 것 같다. 그만큼 사람들은, 특히 여자들은 옷에 대한 관심도가 높을 뿐더러 그에 비례해서 지적知的인 성숙을 위한 자기 노력에도 관심이 크다고 하는 사실을 알게 된 셈이다.

직장에서 하는 일과도 관련이 있다고는 하지만 큰아이의 외국어 학습에 대한 열성, 그리고 둘째아이의 학교 교사로서의 책무에 따른 교과 지도안 작성에 골몰하는 모습 등을 대할 때에는 더없이 유쾌하다.

사람들은 매일같이 자기를 표현하고 산다. 말을 하는 것도 옷을 입는 것도 자기가 지니고 있는 것만큼을 표현하고 산다.

"딸을 시집보내려거든 지참금 대신 말을 가르쳐 보내라."

프랑스의 속담으로 알고 있거니와 사람이, 특히 여자

가 말을 잘한다는 것은 사랑받기에 충분한 조건 하나를 갖춘 셈이다.

말이나 옷이나 남에게 알려지게 된다는 점에서는 공통점을 갖는다. 그러므로 말은 '보이지 않는 마음의 의상'인 것이고, 옷은 '보이는 마음의 언표言表'가 아닌가 한다.

거리에 나가보면 옷이 말을 하고 있다는 것을 너무나도 잘 실감할 수 있다. 서울 거리, 그 중에서도 번화한 거리를 가다 보면 마치 패션쇼를 보는 것 같은 느낌을 받는다. 그만큼 오늘날 사람들, 여자들의 패션은 다양해져서 나처럼 그런 것에 둔감한 사람도 결코 무심할 수 없게 된다.

옥양목 흰 저고리와 검은 치마가 여자의 의상으로 제일인 것 같다고만 생각했던 시절, 그래서 사윗감 선을 보러 오신 장인어른께서, 신부에게 벨벳 치마저고리 한 감 해줄 수 있겠느냐고 나에게 다짐까지 하시던 옛 기억이 되살아난다.

산업사회의 발달로, 특히 섬유산업의 발달로 오늘날의 사람들, 여자들은 마음껏 자기의 아름다움을 표현해 볼 수 있게 되었다. 색상이 다양해지고 디자인 역시 다양해져서 여자들은 자기의 개성에 맞추어서 마음대로 옷을 선택할 수 있다고 듣는다. 또한 오늘날의 여성들은 그 다양한 옷을 자기에게 잘 어울리도록 소화하는 능력도 갖추고 있는 듯이 보인다. 그것은 평소 자기의 내면세계를 위한 노력도 게을리 하지 않았다는 증거이기도 하다. 늘 자기를 새롭게 내보일 수 있는 노력과 표현 의지야말로 인생을 값있게 살 수 있는 지혜가 아닐 수 없다

"딸을 시집보내려거든 지참금 대신 옷을 멋있게 입을 줄 아는 지혜를 가르쳐서 보내라."

나의 이 말에 오해 없기를 바란다.

의상비를 너무 많이 지출해서 가계부에 적자를 내라는 얘기는 아니다. 자기 분수에 맞게 옷을 해 입되 그 옷이 그지없이 '아름다운 여인' 으로 표현되었을 때 그 임자가 바로 옷을 잘 입을 줄 아는 여자다. 그런 여자의 주변에는 항상 행복의 분위기가 감돌게 마련, 나는 그 행복의 분위기를 사랑하는 사람일 따름이다.

(1984)

사랑의 첫 작품 출판 기념회

　딸을 여의고 나서의 소감을 '시원섭섭하다'는 말로 표현하고 있다. 내가 딸을 시집보내기 전까지는 적절한 표현일 것 같다는 생각을 하였다. 그런데 자신이 이번에 큰딸애를 출가시키고 보니 그 말이 적절한 표현이 못된다는 것을 알게 되었다. 하기야 과년한 딸을 출가시키게 된 것을 생각하면 '시원하다'는 말을 썼다고 해서 망발은 아닐 줄 안다. 또 애지중지한 딸자식을 남의 집으로 떠나보내는 심정이 어찌 섭섭하지 않겠는가만…….

　나는 평소 글을 쓰면서 어휘력 부족을 심각하게 느끼고 있다. 물론 언어나 문자가 우리들의 생각을 완벽하게 표현할 수는 없다고 알고는 있었지만 이번처럼 한계를 느껴보기는 처음이다. 그래서 사람들이 딸을 출가시키고 나서의 소감을 '시원섭섭할 것'이라고 말하면 그냥 웃기만 하면서 상내방의 말에 긍정한다는 뜻으로 고개만 끄떡여주었을 뿐이다.

나는 사위에게서 전화가 오면 대충대충 얘기를 끝내고 '우리 아이' 좀 바꿔달라고 한다. 그런데 정작 딸아이는 아버지와 얘기하는 것이 전과 다르다. 제 남편을 두둔하고 있다는 느낌을 주고 있으니 어찌된 셈인가? '우리 아이'가 아니란 말인가!

밤이면 매일 하는 버릇대로 아이들을 점호한다.

큰애, 둘째, 셋째……

다들 대답을 하는데 '큰애'만 대답이 없다. 무슨 일로 귀가 시간이 늦어지는 것이려니—하는 생각뿐이지 '출가외인'으로 우리집 명단에서 빠져나간 것이라는 생각은 전혀 들지 않았었는데…….

두 주일쯤 지나서 들은 얘기인데, 큰애가 제 동생을 시켜서 아빠 엄마의 도장을 가져갔다는 것이다.

용도를 물었더니 큰언니가 혼인 신고하는 데 필요해서 가져갔다는 것이 아닌가.

그 다음에 사위에게서 전화가 왔다. 이때도 대충 대충 얘기를 끝내고는 '우리 아이' 좀 바꿔달라고 하려는데, 뭐라고 투덜거리는(?) 사위의 목소리가 들리는 듯하였다—결혼식날 딸의 손을 잡고 들어오셔서 분명히 주례 선생님 앞에서 나에게 넘겨주시고는 지금도 '우리 아이, 우리 아이' 하고 말씀하시니…… 나는 이내 알아차리고 '자네 처' 좀 바꿔주게—라고 말해준 것이다. 아비의 속도 모르고 딸은 전에 없이 명랑한 목소리로 제 얘기만 늘어놓고 있다.

딸의 목소리를 들으니 〈딸과 수학여행〉이란 졸작 수필이 생각난다. 딸은 고2 때 수학여행을 떠난 일이 있다. 나는 그때 날도 밝기 전 새벽길에 혼자만 내보낼 수가 없어서 버스 타는 데까지 데려다 주기로 했다. 버스 길까지는 한참인데 아무도 지나는 사람 없고 딸과 나두 부녀가 가로등 불빛 아래를 걸어 내려갔다. 엄마 닮아 손이 예쁜 딸아이의 손을 꼭 잡고 여행할 때의 주의사항 같은 걸 일러주자니까 어쩐지 무엇이 충만하는 듯 가슴이 뿌듯하였다. 나는 딸아이가 며칠 동안이지만 처음으로 아버지 곁을 떠나게 되는 것이 조금은 섭섭하기도 하고 또 조금은 대견스럽게도 생각되었다. 멀지 않아서 딸아이가 내 곁을 아주 떠나가고 말 것을 생각하니 어쩐지 가슴 한쪽이 허전한 느낌이 들기도 했다. 그래도 나는 딸아이가 수학여행을 떠나는 때의 기대와 즐거움을 안고 떠나가게 되리라 믿고 스스로를 위로하였던 기억이 새롭다.

나는 오래 전부터 스스로에게 약속한 일이 하나 있다. 딸아이가 '인생의 수학 여행길'을 떠날 때 '가장 멋진 행사'를 열어주겠다는 것. 행사에는 사람들을 초청해야 한다. 그러기에 대단한 행사가 되기 위해서는 그 이전에는 작고 크고 간에 행사를 안 벌이기로 하였다. 문단 생활 4반세기 동안에 작품집도 적지 않게 출간하였건만 단 한 번도 출판 기념회를 열지 않았음은 물론이다.

어느 글에선가 나는 큰딸애를 가리켜 '사랑의 첫 작품' 이라고 쓴 일이 있다. 다른 이들도 긍정을 해주리라 믿지만 사실 맏이는 젊은 부부의 사랑의 첫 작품이라 말해서 결코 망발은 아닐 줄 안다.

말하자면 나는 큰딸애의 결혼식을 '사랑의 첫 작품 출판 기념회' 로 생각하였다. 그러기에 주례는 내가 '수필의 아버지' 로 존경하는 피천득 선생을 모시기로 한 것이다. '출판 기념회' 장소로는 왕년에 국제 펜클럽 한국본부 정기 총회를 열기도 했던 '수운水雲회관' 으로 정한 것이다.

그러나 속으로 걱정이 되기도 했다. 차라리 장충 체육관을 빌리지 그랬느냐고 어느 여류 수필가가 비아냥거리는 것을 듣기도 하였지만 만일 하객이 예상보다 적어서 일생 일대 딱 한 번 누리고자 한 나의 꿈이 무너지게 되면 어찌하나 싶어서이다.

나로서는 개혼開婚의 의미가 있는 만큼 평소 조금 소원하게 지내던 친구에게도 초대장을 보냈다. 그리고 기도를 하였다. 한때 소원하게 된 것은 전적으로 나의 인격 부족의 소치이니 너그럽게 용서하고 나의 '사랑의 첫 작품 출판 기념회'에 꼭 참석해달라고 말이다.

1980년 2월 6일 오후 2시. 꽃샘추위가 대단히 있는데도 하객이 예상보다 더 많았다. 누구누구라고 다 소개할 수는 없지만 나의 가슴속에는 한 분 한 분 다 기억하고 싶은 만큼 고맙기만 했다. 결혼식을 치르고 나서는 참석해주셔서 고맙다는 인사 편지를 보내게 되는데, 받게 되는 입장에서는 으레 있는 인사 편지려니 하고 대수롭지 않게 여기기도 한다. 그런데 내가 겪고 보니 그것이 아니었다. 일일이 자필로 쓸 수가 없어서 유인물로 대신하는 것뿐이지 그 사연은 진정으로 고맙다는 뜻을 담고 있다는 걸 깨닫게 된 것이다.

나는 지금 딸아이 결혼식 때 찍은 사진 한 장을 보고 또 보고 있다. 그 사진은 신랑 친구가 찍은 것인데 "신부 입장!" 했을 때 딸과 아버지가 손을 잡고 식장에 들어서는 장면이다. 아버지와 딸의 눈이 마주치는 순간을 포착한 스냅인데—나는 불출소리 들을 각오 하고 그때의 딸의 아름다운 모습을 이 글의 마무리를 위해 쓰려고 한다.

나의 딸은 이 세상에서 가장 아름다운 신부로 탄생한 것이다. 아버지를 바라보고 미소 짓는 아름다운 눈매

를 놓치지 않고 포착한 사진 솜씨도 놀랍다는 생각이
든다.

　만일 내가 오랫동안 방랑 생활만 하다가 홀연히 나타
나서 웨딩드레스 입은 딸애의 손만 잡고 결혼식장에 입
장하는 아버지였다 할지라도, 이 사실 하나만으로도 당
당한 존재가 아닐까보냐―하는 자부심을 예의 사진을
들여다보면서 갖게 되었다고 말한다면 웃으실 독자도
있으려는지……. 　　　　　　　　　　　　　　　　(1988)

목포의 눈물

나에게 있어서 목포木浦는 연인처럼 가슴에 간직하고 있는 향수鄕愁의 항구다. 그도 그럴 것이 내가 목포를 처음 가본 지가 40년도 넘었기 때문이다. 8·15 광복 다음 다음 해니까 1947년의 일이다. 초등학교 6학년 때 수학여행을 목포로 간 것이다.

같은 도내道內이기는 하지만 담양에서 목포는 상당한 거리여서 산골 소년이 생전 처음 기차를 타고, 생전 처음 바다가 있는 항구를 찾아갔던 만큼 보이는 것은 모두 경이일 따름이었다. 바위들로만 이뤄진 유달산遊達山 상봉에 올라가서 눈 아래로 조망되는 다도해의 풍광이라니, 탄사의 언어도 발하지 못한 채 그저 입만 벌리고 보고 또 보고 했던 기억밖에 없다. 삼학도三鶴島의 전설을 들었는지 안 들었는지 기억이 없지만, 어쨌든 그 후로 40년 세월을 이난영의 노래 〈목포의 눈물〉 가락에 그리움을 달래었던 것만은 사실이다. 나는 본래 음치여서 유행가의 가사 하나 제대로 외우고 있는 것이 없지만 그 노래만은 어떻게 가사를 알고 흥얼거리기도 한다.

그러나 남 앞에서 떳떳하게 부르지는 못한다. 원고가 잘 씌어지지 않거나 불면의 밤을 지새울 때는 예의 그 노래가 녹음된 카세트 테이프를 듣는다. 더러 다른 가수의 목소리로 녹음되어 있는 테이프가 있었지만 나는 꼭 이난영의 목소리가 담긴 노래를 들어야 한다.

세상살이 원怨도 많고 한恨도 많지만 그녀의 목소리를 따라 〈목포의 눈물〉을 흥얼거리고 나면 나름대로 카타르시스가 되었던 것이기에 즐겨 부른 노래다.

나는 실로 40년 만에 연인처럼 그리워한 목포를 가보게 되었다. 오랫동안 고향을 떠나 서울에서 살다 보니 좀처럼 가볼 기회가 없었는데, 마침 어느 문학 단체의 심포지엄이 그곳에서 열리게 되는 것을 기회로 큰맘 먹고 2박 3일의 여행을 떠난 것이다.

그 옛날 연인의 모습을 그려보느라고 관광버스로 여섯 시간의 긴 시간이 소요되는 거리였는데도 조금도 지루한 줄을 몰랐다. 드디어 영산강榮山江이 바다로 흘러드는 하구에 자리잡고 있는 목포라는 항구에 도착하였다. 가슴 설레는 마음으로 창 밖의 풍경을 주시하였건만…… 그간에 돌아본 어느 항구에서도 느껴보지 못한

참담함을 맛보아야만 했다. 40년 전의 좁은 그 거리가
한 치도 더 넓혀지지 않았고, 그때 이후 손질 한 번 안
한 것인지 퇴락한 낮은 건물들이 알 수 없는 비애만 자
아냈다. 너무도 초췌하게 변해버린 옛 연인을 내한 듯
그녀와의 재회가 후회막심이란 생각마저 들었다. 이렇
듯 나는 엉뚱한 생각을 떠올리기도 하였다. 심포지엄의
주제(분단시대와 문학사 재조명)가 상징하는 분단지역이
바로 이 도시가 아닌가 하는 착각을 일으키게 할 정도
로 철저히 버림받고 소외된 지역이라는 인상을 받았다.
게다가 나를 더욱 슬프게 한 것은 우리가 심포지엄 장
소로 묵게 된 관광호텔이 이 도시의 유일한 호화 건물
이라는 사실이다. 이만큼 규모가 큰 심포지엄도 이 도
시에서는 처음 열리게 되었다고 들었다. 주최측의 말을
들어보지 않고서도 한국문단사상 초유로 갖는 파격적
인 주제를 놓고 이 도시에서 심포지엄을 갖게 되었다는
사실에 감회가 없지도 않았지만 나로서는 감당하기 어
려운 주제였기에 당초의 생각대로 이 도시와의 재회에
서 느껴진 인상기印象記만으로 이 글을 마칠까 한다.

　목포의 명물이라면 유달산과 삼학도다. 언제고 다시
오르고 싶었던 유달산은 한낱 왜소한 바위산에 불과하
며 삼학도는 이름뿐이다. 섬 하나를 깎아서 바다를 메
워버렸기에 이제는 섬도 아니고 굳이 섬이라 부르려 해

도 둘뿐이니 '이학도' 가 되고 말았다.

게다가 전설에 얽힌 아름다운 이미지와는 동떨어진, 별로 아름답지 못한 곳이라고 하니 씁쓸한 기분을 떨쳐버릴 수가 없었다. 뜻있는 인사들이 '삼학도' 의 복원을 추진하고 있다지만 씁쓸한 기분이기는 마찬가지다.

나는 그래도 이런 기분을 얼굴에 나타내지 않으려고 노력을 했지만 잘 되지 않는 것 같았다. 리셉션에서 두 문인 출신 장관들을 중심으로 문우들끼리 사교적인 대화가 진행되고 있었건만 나만은 소외된 사람처럼 혼자서 칵테일 잔을 기울이면서 고독을 반추하는 수밖에 없었다.

연인이 몰라보도록 변해버린 것에도 놀랐지만, 그 연인 또한 나를 전혀 알아보지 못하는 것에도 놀랐다. 그래도 행여 옛 기억을 되살려서 알아주지 않을까 해서 일부러 가슴에 부착한 명찰이 잘 보이도록 하고 사람들에게 인사를 청해보기도 하였건만 글 쓰는 사람 중에 저런 이름도 있었던가 하는 표정들임에는 더욱 놀라지 않을 수 없었다. 어느 여류 문인은 내 이름을 처음 듣는다면서 저서가 있느냐고 묻기도 하였다. 나 나름대로 30년 가까이 수필문학만을 공부하고 쓰면서 그간에 저서도 적지 않게 출간하였고, 저서 중의 하나는 한때 베스트셀러에도 오른 적이 있어서 '유명 작가' 라고 '자처' 하기도 했던 것이 부끄럽게만 생각되었다. 그렇지만 그녀가 그토록 나를 생소한 이름의 작가로 대해주는 것이 조금은 섭섭하기도 하였다. 차라리 그녀가 못 생기기라도 했더라면 덜 섭섭했을지도 모르지만 말이다.

나는 이난영의 노래 〈목포의 눈물〉이 녹음된 카세트 테이프를 틀어놓고 흥얼거려본다.

"사공의 뱃노래 가물거리며/삼학도 파도깊이 스며드는데/부두의 새악씨 아롱 젖은 옷자락/이별의 눈물이냐 목포의 설움."

(1988)

친구를 떠나보내고

가을 날씨라고는 해도 청명한 날이 계속되기만 하니 오히려 이상하다는 생각이 든다. 신문에서는 40년 만에 처음 있는 일이라고 보도했고 88서울올림픽 세계 가족들은 한국의 가을 하늘을 사가지고 가고 싶다는 말까지 했다지만, 나는 오히려 심기가 불편하다.

지금도 창 밖의 하늘은 맑고 파란 하늘 그대로다. 한 줄기 바람에도 나뭇잎이 흔들린다. 벌써 단풍이 든 이 파리가 바람에 날려 땅에 떨어진다.

며칠 전 홀연히 떠나버린 친구 생각이 나서 마음을 가눌 수가 없다. E형은 나와 40년을 가깝게 교우한 벗으로 그의 존재로 해서 내 인생의 나그네길이 덜 외로웠던 것인데…….

"우리 여직원 한 사람이 자네 책을 읽고는 가끔 물어보더군. 그 다음 책은 아직 안 나왔느냐고 하면서, 자네 글 속에 있는 구절들을 외우고 있는 것을 들으니 싫지 않은 기분이더군."

그가 가고 없으니 이제 이런 다정한 얘기를 더는 들어볼 수 없게 되었다.

그는 교지을 친지인 상 붙들고 그 길로만 정진히었고 마침내 그 길에서 남은 불씨까지도 연소해버리고 날씨가 청명해서 오히려 서럽기까지 한 날에 유명을 달리하고 말았다.

누군가도 "우정은 인생의 술"이라고 말했다지만, 그를 만나 이야기를 나누면 '인생의 단골집'에서 같이 술을 마시게 되는 것처럼 취하는 기분이 든다. 그와 나는 차분하고 조용한 것이 좋다. 요란하고 시끌벅적한 것은 싫다. 일년 내내 가야 고작 두어 통의 편지가 왕래할 뿐이지만 마음으로야 그보다 훨씬 많은 사연을 주고받는다. 우리 아이 중의 하나가 고등학교를 다닐 때에 모 장학재단의 장학금을 받게 되었다고 유인물로 나온 장학생 명단을 보여주기에 찬찬히 살펴보니 역시 E형의 영애슈愛 이름도 발견되었고 보면 얼마나 반가웠는지 모른다. 이런 일조차도 우리가 서로 띄운 '편지'의 사연이 아니었던가 싶다.

그와 나는 K시에서 고등학교를 다닐 때 학교는 달랐지만 성격이 맞아서 같이 자취생활도 하며 때로는 어설픈 문학론으로 밤을 지새면서 6·25직후의 참담한 세월을 같이 살았다. 내가 오늘날 작가 활동을 하고 있는 것은 그때 그에게서 문학 서적을 빌려보고 또 그에게서 문학을 배우고 한 덕택이다. 그때 만일 그도 문학의 길로 정진하게 되었더라면 나는 그의 그늘에 가려 빛을 보지 못했을지도 모른다.

우리는 또 같은 무렵에 결혼을 했고, 딸 낳기 시합이나 하듯 딸들을 연타한 기록도 보유하고 있다.

대개 페미니스트가 딸을 많이 낳는다고 한다. 그와 나는 페미니스트인 점에서도 공통점이 있으며, 딸 넷을 낳고 아들을 얻은 것까지도 같다. 다만 그가 나보다 재질이 뛰어난 연고로 그의 아이들 역시 나의 아이들보다 재질이 뛰어난 것은 어쩔 수 없다는 생각이 들 뿐이다.

그를 영결하던 날도 하늘은 구름 한 점 없이 청명했다. 그의 사범학교 친구들이 참 많이도 왔다. 한 친구의 얘기를 들으니, 동창회를 할 때보다도 더 많이 모였다고 한다. 그들은 하나같이 E형을 '아까운 친구'라고 애도하였다. 두뇌도 명석했지만 교우관계도 변함이 없어서 사범 동창들 중에서도 우뚝한 존재임을 알 수 있었다.

국화꽃으로 장식된 그의 차는 그의 마지막 근무처였던 전남교원연수원을 들러 가기도 했다. 연수원 자리는 송강松江 정철鄭澈 선생의 〈성산별곡星山別曲〉이 탄생한 식영정息影亭이 있는 담양군 남면 소재의 지실〔芝谷〕마을이다. 친구 따라 이 길을 처음 가본다. 신작로 길가로는 아이들의 손짓인 양 코스모스 꽃들이 하늘거리고 산에는 또 억새꽃들이 손을 흔들고 있다. 무등산無等山이 굽어보이는 곳에는 광주호光州湖가 있고, 연수원은 성산星山이 병풍처럼 둘러친 기슭에 있다. 주변의 경관이 너무나 아름다워서 눈물이 나오려고 한다.

나는 장지인 담양군 월산면 광암리 천주교 묘지에 가서도 똑같은 느낌을 받았다. 산세가 어쩌면 그리도 비슷할까. 담양호潭陽湖를 굽어보는 추월산秋月山 기슭에 자리잡고 있는 묘지 앞으로는 논의 벼들이 누렇게 익어서 고개 숙이고 있다. 이곳은 그가 일곱 살 때까지 살았던 고향 마을 뒷동산이다. 50년 만에 귀향을 한 셈이다.

슬퍼만 하는 것도 친구를 위하는 일이 아닌가 싶다. 누구나 한번은 가야 할 길, E형이 조금 먼저 떠났을 뿐이다. 그리고 일년 중 가장 좋은 날에, 그가 태어났던 바로 그날에 가장 많은 친구들의 배웅을 받으면서 떠났다. 어느 면에서는 고희古稀를 지나서 미수米壽·백수白壽에 배웅하는 친구 하나 없이 쓸쓸하게 떠나는 이보다 행복한 처지인지도 모른다.

"E형, 아니 이희완李熙完 형! 불과 3개월 전 서울대병원에서 완치가 어려운 병임을 선고받고도 남의 일인 양

담담하게 이야기하던 형의 모습이 뇌리에 생생하기만
하네. 같이 문병을 간 친구 C형이 종교에 귀의하라고
했을 때 아무 주저없이 받아들이면서도 다급하게 되니
까 신에게 매달린다는 것이 염치가 없다고 말하던 형의
모습이 눈에 밟혀 더는 쓸 수가 없네. 이제 다 잊어버리
고 편안하게 잠드소."

(1988)

송년에 부치는 편지

R양, 아니 R여사라고 불러드려야 옳겠군요.

R여사! 설마 저를 잊어버리시지는 않았겠지요.

그 동안 소인消印 없는 편지를 여러 통 보낸 일이 있었으니까요.

저는 얼마 전에 또 한 권의 책을 내었습니다. 이 책 역시 R여사에게 제일 먼저 보내드리고 싶었습니다만 주소를 알지 못해서 보내드리지 못한 것입니다. 제가 수필을 쓴다고 하는 것은 누군가에게 편지를 띄우는 일과 다르지 않습니다. 이 글도 활자화되면 R여사가 읽어주실 것만 같은 예감이 듭니다. 흘러간 20년의 세월을 거슬러 올라가 봅니다.

저는 R여사에게 언제나 고마움을 느끼면서 살고 있습니다. 제가 가장 어려웠던 시절에 좌절하지 않도록 격려를 아끼지 않으셨던 분이 바로 R여사가 아닌지요. 서른이 다 된 나이로 사병으로 입내해서 겨울바람 같은 병영생활을 하면서 만일 간호장교 R중위를 만나지 못했더라면 어찌 심장의 오한惡寒을 견딜 수 있었겠습니까!

"그것은 무척 신비로우며 땅 위에 내려서도 단념하고 땅에 어울리지 못하는 물질이다. 게다가 차가워 생명을 거부한다. 눈이 생명을 보호하여 준다는 것은 나도 알지만, 그러나 생명은 눈을 녹이고서야 찾아낼 수 있는 것이다." (A.지드 〈地上의 糧食〉)

저는 이 말을 이미 그때 R중위에게서 발견을 한 것입니다. 건강이 안 좋은 상태에서 군대 복무를 하다 보니, 더욱이나 부대병원에서 복무를 하다 보니 비교적 R중위와 접촉할 기회가 많았던 것은 사실입니다. 그러나 어딘지 차가워 보이는 그 인상이 환자와 간호원 이상의 관계로 좁혀질 수 있으리라고는 상상도 할 수 없었습니다.

그런데 어느 날 R중위가 모 문학잡지를 읽고 있는 것을 보고 빌려보자고 한 것이 두 사람을 가까운 사이로 좁혀주는 계기가 되었던 것 같습니다. 그 후로 우리는 문학을 얘기하고 인생을 얘기하는 시간을 많이 갖게 되었던 것이며, 부대 안에서는 두 사람이 연애를 하고 있다는 소문마저 돌았던 모양입니다.

저는 당황하지 않을 수 없었습니다. 아시다시피 저야

기혼의 몸인지라 R중위에게 누가 될 것이 염려되어 만나는 일을 그만두자고 말했던 것입니다. 그때 R중위가 대답한 말이 잊혀지지가 않습니다.

"오해는 오해하는 사람의 자유 아니겠어요!"

저는 그처럼 멋진 말을 들어본 적이 없었습니다. 누가 뭐라고 말하든 자기가 하는 일에 긍지를 가지고 사는 R중위의 의연한 자세에서 너무나 인간적인 매력을 느꼈던 것입니다.

1963년이니까 정확히 표현하자면 23년 전의 얘기가 되겠군요. 1963년은 저의 인생에 있어서 하나의 전기轉機가 되는 해이기도 합니다. R중위를 두고 쓴 수필이 모 잡지의 신인작품에 당선이 되었던 만큼 제가 오늘날 문단 말석에서나마 문필 활동을 하게 된 것은 R여사의 덕택이라 말하지 않을 수 없습니다.

1986년도 저물어가고 있습니다. 수은주는 영하로 떨어지고 건강치 못한 저로서는 겨울이란 계절이 두렵기만 합니다. 지금 바깥은 눈발이 흩날리고 있습니다. 눈송이가 공중에서 팔락팔락 윤무輪舞를 추고 있는 것이 아름답게 보이기도 합니다만 차갑고 춥다는 느낌을 버릴 수는 없습니다. 그렇지만 눈을 덮고 있는 이불의 지붕들을 보고 있으면 마치 이불을 덮고 있는 것만 같아서 그 지붕 밑에 살고 있는 이들은 춥지 않을 것이란 생각이 드는 것은 어떤 이유일까요? 그 지붕 밑의 사람들이 목화송이처럼 날리는 눈발을 바라보면서 따뜻한 정의 대화를 나누고 있을 것이라는 예감을 가지고 있기 때문이 아닐까요?

R여사가 나이팅게일의 정신을 성실하게 수행했던 것처럼 저도 문인으로서의 작가 정신을 성실하게 수행하려고 애를 쓰고 있습니다. R여사와의 인연은 말할 것도 없고 이런저런 이들과의 만남도 소중하게 생각을 합니다. 뿐만 아니라 계절 따라 접하는 자연현상에 대해서도 뜻있는 만남이라고 생각합니다. 다시 말해서 제가 쓰는 수필은 정情의 미학美學이고자 노력하고 있습니다. 제 글이 누군가에게 읽혀져서 여린 온기溫氣로나마 사랑의 정을 느끼게 한다면 무엇을 더 바라겠습니까?

어디선가 저 눈발을 바라보고 있을 R양, 아니 R여사의 행복을 빌어드리면서 이만 붓을 놓겠습니다.

(1986)

나의 연인 같은 목련꽃이여

우리 동네는 집집마다 목련 한 그루쯤은 심어놓고 산다. 봄이 되면 나무에 잎이 돋기도 전에 목련꽃이 피게 되는데, 흰 학의 떼들이 나무 위에 앉아 있는 것 같기도 하고, 털이 고운 병아리 떼들이 앉아 있는 것 같기도 하다.

이렇듯 온 동네가 목련꽃으로 해서 한층 밝은 분위기로 바뀌는 것은 물론, 그 향기가 어찌나 짙게 풍기는지 사람마다 옷에 향수를 뿌리고 다니는 것 같은 느낌을 갖게 한다.

나는 처음 이사 왔을 때 집집마다 목련나무가 있는데 우리집만 없는 것이 섭섭하였다. 한동안은 남의 짐 목련 나무를 건너다보면서 살았다. 그러다가 그리 크지는 않지만 백목련 한 그루를 내 집 뜰에 심었을 때는 갑자기 부자가 된 듯한 느낌이었다.

목련은 우선 이름부터가 마음에 든다. 연꽃을 연상하

게 하는 연蓮 자가 들어 있는 나무 이름 때문일까?

연꽃이 피는 연못을 들여다보면 깨끗하지 못한 물이며 그 물에 적셔진 흙이 얼굴을 돌리게 한다. 마치 우리가 살고 있는 오탁한 속세와도 같다는 생각이 든다. 그래도 연뿌리는 푸른 잎을 돋게 하고 순결무구한 꽃을 피워낸다.

연꽃을 바라보고 있으면 마음이 정화淨化되는 것을 느낀다. 그럴 때의 행복감을 잊지 못한다. 목련꽃을 바라보면서도 똑같은 행복감을 느낀다. 연꽃이 뿌리에서 온갖 오탁한 환경을 극복하는 식물이라면, 목련은 나무 줄기에서 온갖 오탁한 환경을 극복하는 식물이 아닌가 한다.

대부분의 나무들이 그렇듯이 목련도 겨울이면 잎을 떨구고 나목裸木으로 견디어낸다. 우리 동네는 북한산 기슭을 깎아들어선 고지대 마을이어서 겨울이면 다른 동네보다 더 춥다. 따라서 목련은 더 추운 겨울을 보내야만 한다. 목련은 늦가을부터 꽃눈을 예비하는데, 그 꽃눈은 한겨울 내내 눈보라치는 겨울 추위를 견뎌내야 한다. 그리하여 봄이 되면 하루아침에 그 꽃눈이 소녀의 앞가슴처럼 봉긋하게 솟아오르는 걸 보게 되는데, 그럴 때면 나도 함께 설레는 마음 어찌하지 못한다. 누군가도 반개한 목련꽃을 두고 이제 막 꽃망울을 피우려고 아침 햇살에 미소 짓는 소녀의 표정에 비유하기도 하였지만, 목련꽃들이 나무 전체에 매달려 있을 때는 마치 무슨 축제를 보는 듯한 느낌이다.

　우리집 목련나무는 유백색乳白色의 흰 꽃을 피운다. 목련은 순박한 꽃모양만으로는 결코 미인일 수가 없다. 그런데 미인의 나신裸身 같은 유백색의 꽃빛깔을 보고 있으면 인식이 달라지게 된다. 더욱이 매혹적인 향기를 맡게 되면 정신까지 혼미해질 지경이다. 그러므로 미인의 요건은 용모 자체만으로는 결코 충족될 수가 없다는 걸 깨닫게 된다. 앞에서도 말했지만 목련은 꽃모양이 연꽃을 닮고 그 꽃이 나무에 피었다 하여 목련木蓮이다. 일명 난초의 향기를 닮았다 하여 목란木蘭이라고도 한다. 목련은 순박한 꽃모양에 기품 있는 난초의 향기로 해서 쉽게 범접하기 어려운 미인이다. 그래서 나는 연모戀慕라고 알려진 꽃말을 들추어 말할 것도 없이 목련꽃을 연인처럼 여기는 것 같다.

　우리집에 와본 사람이면 지대가 너무 높다고 이사 가기를 권하지만, 나는 맑은 공기를 이유로 그 권유를 받아들이지 않는다. 그러나 나의 내심은 목련나무를 두고 떠날 수가 없는 것이 이유의 전부인지도 모른다. 이사를 가는 집에도 목련나무는 심어져 있을 수도 있지만 우리 동네처럼 높은 지대가 아니어서 꽃이 덜 아름다울 것 같아서다. 나는 지금 은근히 걱정을 하고 있다. 지난 겨울은 이상난동으로 겨울답지 않게 추운 날씨가 적어서 봄에 과연 아름다운 목련꽃을 보게 될 것인가 하는 노파심에서이다.

나는 목련나무의 꽃눈을 지켜보면서 기도하는 심정이 되기도 한다. 아무리 겨울 날씨가 모진 추위로 이어질지라도 자기 의지를 꺾이지 말고 참고 견뎠다가 봄이 되면 아름다운 꽃을 피우게 해달라고 말이다.

목련나무는 나에게 많은 것을 시사해준다. 꽃눈이 겨울 추위를 견디는 것 하나만 가지고도 그러하다. 나 또한 겨울 추위, 아니 겨울 추위 같은 세파의 모친 바람을 견뎌내기 위해 마음을 다지지만 때로는 실의하고 좌절한다. 그래도 겨울이 가고 봄이 왔을 때 아름답게 핀 연인 같은 목련꽃을 바라보기에 부끄럽지 않도록 자신을 부단히 채찍질하면서 산다.

(1989)

매원梅園 수필

근원近園 김용준金瑢俊을 아는 이는 많지 않다. 그러나 그가 남긴 수필집 《근원수필》을 알고 있는 이는 그의 수필을 대단하게 평가한다.

김용준은 한때 우리나라 유일의 문학지인 《문장文章》 (1939년 창간)에다 길진섭吉鎭燮, 정현웅鄭玄雄 등 당대의 이름난 화가들과 더불어 표지화를 그린 화가이며 서울대 교수였다. 뿐만 아니라 1948년에 낸 《근원수필》은 그보다 한 해 앞인 1947년에 낸 김진섭金晉燮의 《인생예찬》, 이양하李敭河의 《이양하 수필집》과 더불어 한국 현대수필문학의 개안기開眼期에 의식적으로 수필문학을 표방하고 나선 수필문학의 선구적인 계기가 돼준 수필집으로 꼽히고 있다.

1950년 6·25동란 이후 행방불명으로 그의 행적은 알 수 없지만 납북·월북 문인의 해금으로 그의 수필이

재평가될 수 있게 된 것은 다행이 아닐 수 없다.

이상은 내가 관계하고 있는 출판사에서 문고판으로 출간한 수필집 《근원수필》 보도자료의 요약이다. 나는 이렇게 김용준을 알리는 글을 써주고도 마음이 놓이지 않아 수필을 좋아하거나 수필을 쓰는 이들에게 그의 수필집을 우편으로 보내거나 만나서 직접 주기를 기쁨으로 여길 만큼 그의 수필에 매료되고 말았다. 어느 친구는 책을 받으면서 "또 수필집을 냈느냐?"라고 별로 반갑지 않다는 표정을 짓기까지 한다. 그 친구는 나의 수필집을 빠짐없이 받았기에 책을 너무 많이 내는 것이 아니냐고 조금은 못마땅해서 한 말인 줄 내 어찌 모르랴. 나는 웃으면서 "시시하게 쓴 나의 수필집일 것 같아 부담스러운 모양이지만……" 이 책은 김용준이라는 이가 쓴 수필집인데 읽어보면 주는 뜻을 알게 되리라 말해준 일도 있다.

내가 김용준을 처음 알게 된 것은 1975년에 출간된 《수필문학 입문》이란 책을 보고서였다. 이 책은 동매실 주인桐梅室主人 윤오영尹五榮이 월간 《수필문학》(1972년 창간)에 연재했던 것을 책으로 묶어낸 것인데, 나에게 보관된 책에는 "아무개 선생 질정叱正"이라고 사인이 되어 있다. 저자는 나에게 책을 주면서 사인도 하지 않고 주기에 이왕이면 사인을 해서 달라고 했더니 '입문서’를 어떻게 사인해서 주느냐고 사양을 했다. 그분은 그때 나를 상당한 ‘수필가’로 보셨던 모양이다. 재차 사인을 해서 달라고 했더니 ‘惠存’ 대신 ‘叱正’을 붙여 씨주었던 것이다.

그러나 나는 그 책을 읽어가면서 수필문학에 대해서 새롭게 공부를 한 것이 적지 않았음을 고백한다. 이를테면 저자는 ‘수필문학의 개안기의 문장’으로 김진섭, 이양하, 김용준을 들고 있는데, 나에게 있어서 김용준의 이름은 전혀 생소했기 때문이다. 종이가 누렇게 퇴색된《근원수필》을 어렵게 입수해서 읽었을 때의 경이적인 감동은 지금도 뇌리에 생생하다. 동양적인 고아한 품위와 운치를 느끼게 하는《근원수필》은 ‘수필문학의 자존심’ 바로 그것이었다.

〈매화〉, 〈두꺼비 연적을 산 이야기〉, 〈노시산방기老柿山房記〉 등의 수필에서 받았던 감동은 만나는 사람들에게 말하지 않고 배기기가 무척 어려웠다. 그러나 김용준은 월북작가여서 그의 작품을 드러내놓고 말하기에는 사정이 여의치 못하였다. 그가 월북했다는 사실 자체만 가지고 그의 수필집이 금서禁書가 되어야 하기에는 시대 상황이 안타깝게만 생각되었다.

김용준은 ‘근원’ 외에도 ‘우산牛山’, ‘검려黔驢’, ‘매정梅丁’, ‘노시산인老柿山人’ 등 여러 개의 호를 썼다고 하는데, '근원' 이란 호 하나만 들어서 작호作號의 내력을 알아보기로 하자. 청말淸末 때 사람 김근원金近園의 호에서 근近자 한 자가 두고두고 잊혀지지 않아 그 아래 자를 다른 자로 고르다 못해 원猿 자를 넣어 '近猿' 이라고 지었다. 평생 남의 흉내나 겨우 내다가 죽어버릴 인간이란 뜻에서 그리 지었는데 하필이면 아호에다 재수 없는 동물(원숭이)의 글자를 넣을 게 뭐냐는 핀잔을 듣게 되어 급기야 '園' 자로 돌아가고 만 것이다. 그런데 '近園'을 두고도 친구들이 "단원檀園이나 오원吾園에 가깝다는 뜻인가?" 하고 핀잔을 주었다고 한다.

그의 수필 〈오원일사吾園軼事〉를 읽어보게 되면 조선 조말의 화가 장승업張承業이 호를 오원吾園이라고 자호自號한 내력이 퍽 재미있게 소개되어 있다. 장승업은 일자무식이었지만 다른 화가들처럼 자기도 호를 갖고 싶어서 다른 화가들의 호를 알아보았더니 단원檀園, 희원希園 등 원園자가 많은 것을 보고 '나도 원 자를 붙여보자 하여 스스로 오원吾園이라 하였고, 화명畫名이 날리매 그림을 받으러 오는 사람이 조석으로 성시成市하다 시피 하였다고 한다.

내가 오원을 흉내내고자 하는 것은 아니지만, 어쩐지 나도 원園 자를 넣어 호를 하나 지어 갖고 싶은 생각이 불현듯 솟아나서 진즉 지어두었다가 쓰지 않고 두었던

'매원梅園'이란 호를 꺼내어서 먼지를 털고 닦고 하여 앞으로 이 호를 기회 있을 때마다 써보리라 마음먹고 있다.

매원이란 호는 10년 전에 청사晴史 조풍연趙豊衍 선생이 지어주셨다. 우리 딸아이들 이름이 매梅 자 돌림인 것을 알고 그렇게 지어주신 것이 아닌가 한다. 그런데 나는 그보다 앞서 '우보愚步'란 호를 자호하여 쓰고 있었다. 나의 첫 수필집《바보네 가게》가 제호 덕을 본 것인지 판을 거듭하게 되어 내 이름보다도 책이름이 더 잘 알려져서 그 책명과 관련하여 호를 우보愚步라고 자호한 것이다. 내 삶의 궤적에 비추어보아도 마음에 드는 호라고 여겼기 때문에 혹 호를 묻는 이가 있으면 우보라고 대답을 해주었던 것인데, 이제 매원이란 호에 더 애착을 가지게 되었으니 좀 난감하다는 생각도 든다.

이 다음에 '梅園'이란 호의 내력을 묻는 이가 있으면 김용준의 수필을 좋아한 나머지 그의 '梅丁'이란 호에서 '梅' 자를 따고 '近園'이란 호에서 '園' 자를 따서 작호하였노라고 대답해줄까도 생각 중이다.

(1989)

연 보

1934년 5월 19일(음 4월 7일. 호적엔 1936년 12월 3일로 돼 있음), 전남 담양군 수북면 두정리에서 아버지 박군봉朴群奉, 어머니 전귀임全貴任의 6남 중 맏이로 태어남. 본관은 밀양密陽이고, 아호는 우보愚步와 매원梅園을 쓰고 있는데, '매원'을 더 많이 쓰고 있음.

1948년 수북초등학교 졸업.

1951년 6·25전쟁 당시 서울에서 중학교를 다니다가 고향으로 피란하였기에 광주동중학교 3학년으로 편입, 그 학교에서 중학교 졸업 인정서를 받음.

1954년 광주고등학교 졸업.

1955년 수북초등학교 교사. 이듬해 교직을 떠나 본격적인 문학수업을 함.

1959년 이순난(李順暖, 李在湖의 차녀)과 결혼.

1960년   장녀 매금梅今 출생. 그후 차녀 매실(梅實:1961,
         뒤에 소영으로 개명), 3녀 매경(梅鏡:1963), 4녀
         매아(梅雅:1967), 장남 치훈(治勳:1974) 출생.

1963년   월간 《신세계》(9월호) 제1회 신인상 수필부
         문에 수필 〈수집 취미〉가 당선되어 문단 데
         뷔. 주요 작품으로는 〈변소고〉(《현대문학》,
         1969.11), 〈부수인생〉(《현대수필》1집, 1970),
         〈바보네 가게〉(《여성동아》, 1973.7), 〈초상화〉
         (《수필문학》, 1973.11), 〈득남기〉(《한국문학》,
         1974.7), 〈하나의 풍경〉(《한국수필》, 1975. 가
         을), 〈말을 알아 듣는 나무〉(《재정》, 1976. 7),
         〈목화 이야기〉(《경방》, 1976.7), 〈꽃나무의 소
         유설〉(《환상의 끝》, 1981), 〈효도산행〉(《사랑의
         발견》, 1985),〈집념에 산 사람〉(위의 책), 〈가을
         연주를 위해〉(위의 책), 〈그 섬에 가고 싶다〉
         (《문학정신》, 1988.4), 〈나의 연인 같은 목련꽃
         이여〉(《스위트 홈》, 1989.4), 〈셋째 딸의 패션〉
         (《대학국어》, 1990, 성신여대 출판부), 〈외가만들
         기〉(중학교《국어》2—2, 1990, 대한교과서주식회
         사), 〈생활과 문학〉(《가정조선》, 1991.3), 〈불효
         목록〉(《수필공원》, 1992. 여름), 〈따스한 햇살〉
         (《한국문학》, 1993.12), 〈봄앓이를 할지언정〉

《수필공원》, 1994.봄), 〈찰스 램 유적을 찾아
서〉(《책과 인생》, 1995.1), 〈뮌헨의 하루〉(《앞선
문학》, 1995.3), 〈백제 와당의 얼굴〉(《생활과 문
학》, 1998, 울산대 출판부) 등이 있음.

1964년　군에서 3년 복무하고 제대, 상경하여 서울에
서 계속 살고 있음.

1970년　현대수필동인회 주간.《현대수필》5집까지를
책임 편집하여 70년대 수필문학 개화開花의
중요한 계기를 만듦. 그후 월간《수필문학》
주간(1972), 계간《한국수필》편집인(1975), 계
간《수필공원》편집위원(1985～2003),《수필
공원》주간(1992～2003),《수필공원》편집인
(1995～2003),《수필공원》발행인(1998～
2003).

1973년　한국수필가협회 이사, 한국문인협회 이사, 국
제 펜클럽 한국본부 회원. 수필문우회 간사
(1981～1991), 한국수필문학진흥회 이사(1982
～1997), 한국수필문학진흥회 부회장(1998～
2003).

1973년　제1수필집《바보네 가게》(범우사) 출간. 그후
제2수필집《어항 속의 도시》(문예출판사,
1976), 제3수필집《햇볕이 그리운 계절》(현암

사, 1978), 제4수필집《환상의 끝》(청조사, 1981), 제5수필집《사랑의 발견》(나남, 1985), 제6수필집《수필과 인생》(범우사, 1994), 범우에세이문고(100)《말 옷 일이 드는 나무》(1974), 자유에세이문고(25)《너 자신을 알라》(1986), 레이디플라자(14)《사랑의 등대》(기린원, 1987), 범우문고(85)《바보네 가게》(1989)를 내고, 편저로는《바보들의 천국》(글수레, 1984),《당신으로 하여 아름다워라》(글수레, 1985),《우리를 기쁘게 하는 것들》(글수레, 1986),《한국명작수필》(집현전, 1993) 출간.

1975년　《韓國隨筆文學大全集》전20권(한국수필가협회 編, 범조사 刊) 책임 편집, 1976년 우리나라 최초의 수필 문고인《범우에세이문고》전120권 기획 편집(1986 완간), 범우사 편집위원(1976~1993), 범우사 편집고문(1994~1995).

1975년　《월간문학》신인상 수필부문 심사위원. 그후 계간《한국수필》(1976) 추천 심사,《한국일보》(1978) 신춘문예 수필부문 심사, 계간《시詩와 시론詩論》(1981) 수필부문 추천 심사,《광주일보》문예작품 공모 수필부문 심사, 계간《수필공원》(1984) 추천 심사, 월간《한국문학》(1985) 신인상 수필부문 심사, '청소년 문학상' 수필부문 심사, 월간《동서문학》(1986) 신인상 수필부문 심사, 월간《문학정신》(1987) 추천 심사, 국제 펜클럽 한국본부 제정 '펜문학상' 수필부문 심사, 월간《에세이》추천 심사,《경남신문》신춘문예 수필부문 심사,《세계일보》(1990) 신춘문예 수필부문 심사,《문화일보》(1994) '문예사계文藝四季' 수필부문 심사, 월간《현대문학》수필부문 추천 심사위원 지냄.

1984년 한국일보 문화센터(수필 강좌) 강사(1995까지).

1987년 수필집《사랑의 발견》으로 한국수필문학진흥회 제정 제5회 '현대수필문학상', 수필집《바보네 가게》(범우문고)로 한국수필가협회 제정 제9회 '한국수필문학상' (1990) 받음.

1994년 10.4~11.3 갑년에 즈음하여 인생의 반려 이 슈난과 함께 유럽의 독일·체코·오스트리아·영국·프랑스를 여행, 괴테·카프카·찰스 램·키츠 등 문인들의 유적도 견문함.

2003년 3월 7일, 70세를 일기로 작고함.

바보네 가게

초판 1쇄 발행 / 1976년 3월 20일
2판 1쇄 발행 / 2006년 1월 30일
3판 1쇄 발행 / 2015년 12월 28일

지은이 / 박　연　구
펴낸이 / 윤　형　두
펴낸곳 / 범　우　사

등록번호 / 제406-2003-000048호
등록일자 / 1966년 8월 3일
주소 / 413-120 경기도 파주시 광인사길 9-13 (문발동 525-2)
전화 / 대표 031-955-6900~4, 팩스 / 031-955-6905

* 잘못된 책은 바꾸어 드립니다.　　편집 · 교정 : 김지선 · 류방승
ISBN 978-89-08-06085-2 04800 (인터넷)www.bumwoosa.co.kr
　　　978-89-08-06000-5 (세트) (이메일) bumwoosa@chol.com

주머니 속 내 친구!
범우문고
【각권 값 2,800원】

www.bumwoosa.co.kr　TEL 031)955-6900　**범우사**

2005년 서울대·연대·고대 권장도서 및

논술시험 준비중인 청소년과 대학생을

범우비평판

1 **토마스 불핀치** 1 그리스·로마 신화 최혁순 ★●
2 원탁의 기사 한영환
3 샤를마뉴 황제의 전설 이성규
2 **도스토예프스키** 1-2 죄와 벌(전2권) 이철 ◆
3-5 카라마조프의 형제(전3권) 김학수 ★●
6-8 백치(전3권) 박형규
9-11 악령(전3권) 이철
3 **W. 셰익스피어** 1 셰익스피어 4대 비극 이태주 ★●◆
2 셰익스피어 4대 희극 이태주
3 셰익스피어 4대 사극 이태주
4 셰익스피어 명언집 이태주
4 **토마스 하디** 1 테스 김회진 ◆
5 **호메로스** 1 일리아스 유영 ★●◆
2 오디세이아 유영 ★●◆
6 **밀 턴** 1 실낙원 이창배

마크 트웨인

7 **L. 톨스토이** 1 부활(전2권) 이철
3-4 안나 카레니나(전2권) 이철 ★●
5-8 전쟁과 평화(전4권) 박형규 ◆
8 **토마스 만** 1-2 마의 산(전2권) 홍경호 ★●◆
9 **제임스 조이스** 1 더블린 사람들·비평문 김종건
2-5 율리시즈(전4권) 김종건
6 젊은 예술가의 초상 김종건 ★●◆
7 피네간의 경야(抄)·詩·에피파니 김종건
8 영웅 스티븐·망명자들 김종건
10 **생 텍쥐페리** 1 전시 조종사(외) 조규철
2 젊은이의 편지(외) 조규철·이정림
3 인생의 의미(외) 조규철
4-5 성채(전2권) 염기용
6 야간비행(외) 전채린·신경자
11 **단테** 1-2 신곡(전2권) 최현 ★●◆
12 **J. W. 괴테** 1-2 파우스트(전2권) 박환덕 ★●◆
13 **J. 오스틴** 1 오만과 편견 오화섭 ◆
2-3 맨스필드 파크(전2권) 이옥용
4 이성과 감성 송은주
14 **V. 위 고** 1-5 레 미제라블(전5권) 방곤
15 **임어당** 1 생활의 발견 김병철
16 **루이제 린저** 1 생의 한가운데 강두식
2 고원의 사랑·옥중기 김문숙·홍경호
17 **게르만 서사시** 1 니벨룽겐의 노래 허창운
18 **E. 헤밍웨이** 1 누구를 위하여 종은 울리나 김병철
2 무기여 잘 있거라(외) 김병철 ◆
19 **F. 카프카** 1 성(城) 박환덕
2 변신 박환덕 ★●◆
3 심판 박환덕
4 실종자 박환덕
5 어느 투쟁의 기록(외) 박환덕
6 밀레나에게 보내는 편지 박환덕
20 **에밀리 브론테** 1 폭풍의 언덕 안동민 ◆

溫故知新으로 21세기를! **범우사** T.031)955-6900 F.031)955-6905 www.bumwoosa.co.kr

미국 수능시험주관 대학위원회 추천도서!

위한 책 최다 선정(31종) 1위!

세계문학

149권
발행 ▶계속 출간

▶크라운변형판
▶각권 7,000원~15,000원
▶전국 서점에서 낱권으로 판매합니다

★ 서울대 권장도서
● 연고대 권장도서
◆ 미국대학위원회 추천도서

101 인물 · 전기

101 백범일지　102 만해 한용운　103 도산 안창호　104 단재 신채호 일대기
105 프랭클린 자서전　106 마하트마 간디　107 안중근의사 자서전　108 이상재
평전　109 윤봉길의사 일대기　110 디즈레일리의 생애　111 윤관 장군과 북벌
근간 예정도서 ●마가렛 미드 자서전　●잔다르크　●쇼팽　●J. S. 밀 자서전　●이사
도라 덩컨　●마리아 칼라스

201 한국고전·신소설

201 목민심서　202 춘향전·심청전　203 난중일기　204 호질·양반전·허생전(외)
205 혈의누·은세계·모란봉　206 토끼전·옹고집전(외)　207 사씨남정기·서포만
필　208 보한집　209 열하일기　210 금오신화·화왕계　211 귀의성　212 금수
회의록·공진회(외)　213 추월색·자유종·설중매　214 홍길동전·전우치전·임진록
215 구운몽　216 한국의 고전 명문선　217 흥부전·조웅전　218 북학의　219,
220 삼국유사(상,하)　221 인현왕후전
근간 예정도서 ●한중록　●계축일기　●치악산

301 한국문학(근·현대소설)

301 압록강은 흐른다　302 그래도 압록강은 흐른다　303 이야기　304 태평천하
305 탈출기·홍염(외)　306, 307 무영탑(상,하)　308 벙어리 삼룡이(외)　309 날개
·권태·종생기(외)　310 낙엽을 태우면서(외)　311 상록수　312 동백꽃·소낙비(외)
313 빈처　314 백치 아다다　315, 316 탁류(상,하)　317 이범선 작품선　318 수난이
대　319 감자·배따라기(외)　320 사랑손님과 어머니　321 메밀꽃 필무렵(외)
근간 예정도서 ●삼대(상,하)　●국경의 밤

집대성한 '한국문학의 정본'

❶-1 신채호편 《백세 노승의 미인담》(외) 김주현(경북대)

❷-1 개화기 소설편 《송뢰금》(외) 양진오(경주대)

❸-1 이해조편 《홍도화》(외) 최원식(인하대)

❹-1 안국선편 《금수회의록》(외) 김영민(연세대)

❺-1 양건식·현상윤(외)편 《슬픈 모순》(외) 김복순(명지대)

❻-1 김억편 《해파리의 노래》(외) 김용직(서울대)

❼-1 나도향편 《어머니》(외) 박헌호(성균관대)

❽-1 조명희편 《낙동강》(외) 이명재(중앙대)

❾-1 이태준편 《사상의 월야》(외) 민충환(부천대)

❿-1 최독견편 《승방비곡》(외) 강옥희(상명대)

⓫-1 이인직편 《은세계》(외) 이재선(서강대)

⓬-1 김동인편 《약한 자의 슬픔》(외) 김윤식(서울대)

⓭-1 현진건편 《운수 좋은 날》(외) 이선영(연세대)

⓮-1 백신애편 《아름다운 노을》(외) 최혜실(경희대)

⓯-1 김영팔편 《곱장칼》(외) 박명진(중앙대)

⓰-1 김유정편 《산골 나그네》(외) 이주일(상지대)

⓱-1 이석훈편 《이주민 열차》(외) 김용성(인하대)

⓲-1 이 상편 《공포의 기록》(외) 이경훈(연세대)

⓳-1 홍사용편 《나는 왕이로소이다》(외) 김은철(상지대)

⓴-1 김남천편 《전환기와 작가》(외) 채호석(한국외대)

㉑-1 초기 근대희곡편 《병자삼인》(외) 이승희(성균관대)

㉒-1 이육사편 《광야》(외) 김종회(경희대)

㉓-1 이광수편 《삼봉이네 집》(외) 한승옥(숭실대)

㉔-1 강경애편 《인간문제》(외) 서정자(초당대)

㉕-1 심 훈편 《그날이 오면》(외) 정종진(청주대)

㉖-1 계용묵편 《백치 아다다》(외) 장영우(동국대)

㉗-1 김소월편 《진달래꽃》(외) 최동호(고려대)

㉘-1 최승일편 《봉희》(외) 손정수(계명대)

㉙-1 정지용편 《장수산》(외) 이숭원(서울여대)

㉚-1 최서해편 《홍염》(외) 하정일(원광대)

㉛-1 임노월편 《춘희》(외) 박정수(서강대)

㉜-1 한용운편 《님의 침묵》(외) 김재홍(경희대)

▶ 계속 출간됩니다

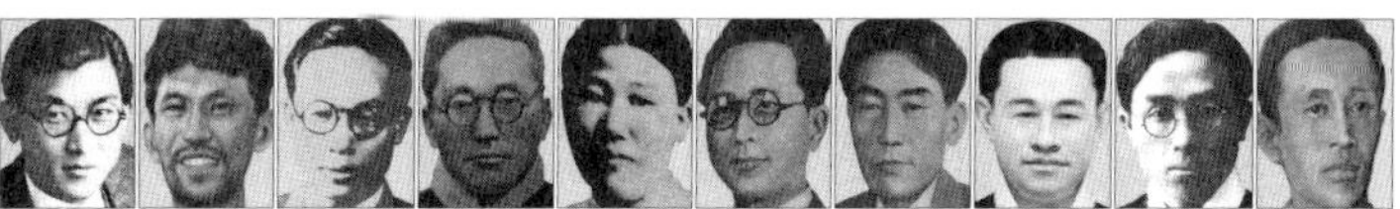

T. (031) 955-6900~4 F. (031)955-6905 www.bumwoosa.co.kr ●공급처 : (주)북센 (031)955-6777

▶ 계속 펴냅니다

범우사 서울시 마포구 구수동 21-1호 TEL 717-2121, FAX 717-0429
http://www.bumwoosa.co.kr (E-mail) bumwoosa@chollian.net

범우학술·평론·예술

방송의 현실과 이론 김한철	**텔레비전과 페미니즘** 김선남 · 김흥규
독서의 기술 모티머 J. / 민병덕 옮김	**아동문학교육론** B. 화이트헤드
한자 디자인 한편집센터 엮음	**한국의 청동기문화** 국립중앙박물관
한국 정치론 장을병	**겸재정선 진경산수화** 최완수
여론 선전론 이상철	**한국 서지의 전개과정** 안춘근
전환기의 한국정치 장을병	**독일 현대작가와 문학이론** 박환덕 (외)
사뮤엘슨 경제학 해설 김유송	**정도 600년 서울지도** 허영환
현대 화학의 세계 일본화학회 엮음	**신선사상과 도교** 도광순 (한국도교학회)
신저작권법 축조개설 허희성	**언론학 원론** 한국언론학회 편
방송저널리즘 신현응	**한국방송사** 이범경
독서와 출판문화론 이정춘 · 이종국 편저	**카프카문학연구** 박환덕
잡지출판론 안춘근	**한국민족운동사** 김창수
인쇄커뮤니케이션 입문 오경호 편저	**비교텔레콤論** 질힐 / 금동호 옮김
출판물 유통론 윤형두	**북한산 역사지리** 김윤우
통합적 마케팅 커뮤니케이션 김광수 (외) 옮김	**한국회화소사** 이동주
'83~'97 출판학 연구 한국출판학회	**출판학원론** 범우사 편집부
자아커뮤니케이션 최창섭	**한국과거제도사 연구** 조좌호
현대신문방송보도론 팽원순	**독문학과 현대성** 정규화교수간행위원회편
국제출판개발론 미노와 / 안춘근 옮김	**겸제진경산수** 최완수
민족문학의 모색 윤병로	**한국미술사대요** 김용준
변혁운동과 문학 임헌영	**한국목활자본** 천혜봉
조선사회경제사 백남운	**한국금속활자본** 천혜봉
한국정치의 이해 장을병	**한국기독교 청년운동사** 전택부
조선경제사 탐구 전석담 (외)	**한시로 엮은 한국사 기행** 심경호
한국전적인쇄사 천혜봉	**출판물 판매기술** 윤형두
한국서지학원론 안춘근	**우루과이라운드와 한국의 미래** 허신행
현대매스커뮤니케이션의 제문제 이강수	**기사 취재에서 작성까지** 김숙현
한국상고사연구 김정학	**세계의 문자** 세계문자연구회 / 김승일 옮김
중국현대문학발전사 황수기	**불조직지심체요절** 백운선사 / 박문열 옮김
광복전후사의 재인식 Ⅰ, Ⅱ 이현희	**임시정부와 이시영** 이은우
한국의 고지도 이 찬	**매스미디어와 여성** 김선남
하나되는 한국사 고준환	**눈으로 보는 책의 역사** 안춘근 · 윤형두 편저
조선후기의 활자와 책 윤병태	**현대노어학 개론** 조남신
신한국사의 탐구 김용덕	**교양 언론학 강좌** 최창섭 (외)
독립운동사의 제문제 윤병석 (외)	**통합 데이타베이스 마케팅 시스템** 김정수
한국현실 한국사회학 한완상	**문화간 커뮤니케이션의 이해** 최윤희 · 김숙현

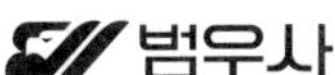

서울시 마포구 구수동 21-1
전화 717-2121 FAX 717-0429

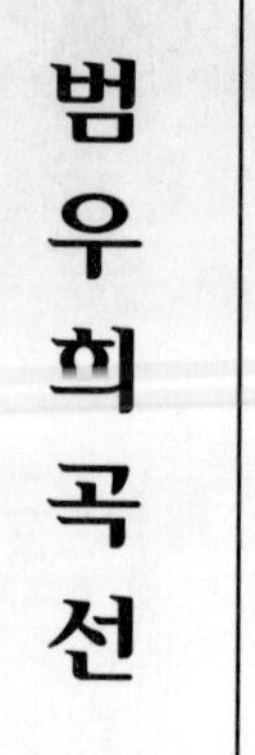

범우희곡선

연극으로 느낄 수 없는 시나리오의
진한 카타르시스, 오랜 감동 …!

1 **세일즈맨의 죽음** 아서 밀러/오화섭 옮김
고도로 발달된 산업사회에서 생겨난 물질 만능주의, 내적 갈등을
예리하게 파헤친 밀러의 대표작.

2 **코카시아의 백묵원** 베르톨트 브레히트/이정길 옮김
동독의 극작가로서 현대극의 완성자라 불리는 브레히트의 시적·
서사적 대작.

3 **몰리에르 희곡선** 몰리에르/민희식 옮김
희극작가로 유명한 몰리에르의 작품 〈서민귀족〉, 〈스카펭의 간계〉,
〈상상병 환자〉를 모았다.

4 **간계와 사랑** 프리드리히 실러/이원양 옮김
괴테와 함께 고전주의의 쌍벽을 이루는 독일의 시인이며 극작가인
실러의 희곡.

5 **욕망이라는 이름의 전차** 테네시 윌리엄스/신정옥 옮김
미국 희곡의 금자탑, 극문학의 정점.
옛 추억과 이상 속에서 사는 삶과 비열한 삶의 대립.

6 **에쿠우스** 피터 셰퍼/신정옥 옮김
현실의 굴레와 원초적 욕망 사이에서 분열된 삶의 절규와
인간의 자유를 심도있게 표출.

7 **뜨거운 양철지붕 위의 고양이** 테네시 윌리엄스/오화섭 옮김
현대문명이 지닌 인간의 온갖 죄악과 부패와 비정상적 관계인
한 가족을 다룬 작품.

8 **유리동물원** 테네시 윌리엄스/신정옥 옮김
겨울안개처럼 슬픔의 빛깔과 가락만을 간직한 사람들이 엮어내는
환상의 추억극.

9 **빌헬름 텔** 프리드리히 실러/한기상 옮김
완전무결한 존재의 자유와 현실세계의 조화를 위해 투쟁하는 인간의 모습을
그린 작품.

10 **아마데우스** 피터 셰퍼/신정옥 옮김
인간의 원초적 감정의 실체를 날카롭게 파헤친 무대언어의 마술사
피터 셰퍼의 역작.

11 **탤리 가의 빈집(외)** 랜퍼드 윌슨/이영아 옮김
현대의 체호프라 불리는 윌슨의 대표적인 작품
〈탤리 가의 빈집〉과 〈토분 쌓는 사람들〉 수록.

12 **인형의 집** 헨리 입센/김진욱 옮김
개인과 가정과 사회의 관계 속에서 일어나는 갈등과 모순을
사실주의적으로 드러낸 입센의 회심작.

13 **산 불** 차범석 지음
민족사의 비극을 바탕으로 인간 본연의 삶과 사랑에 대한 갈등을
그려내고 있는 한국 리얼리즘 희곡의 걸작.

14 **황금연못** 어니스트 톰슨/최 현 옮김
노부부의 사랑과 신뢰, 죽음을 앞두고 겪는 인간적 갈등과
초월을 다룬 작품.

15 **민중의 적** 헨리 입센/김석만 옮김
지역 온천개발을 둘러싸고 투자자인 지역주민들과
개발계획자들 간의 흥미있는 대립을 그린 입센의 대표 작품.

16 **태(외)** 오태석 지음
생의 근원적인 문제를 신화적, 우의적인 형태로 표현한 가장 한국적인 작품.

 범우사
서울시 마포구 구수동 21-1호 TEL 717-2121, FAX 717-0429
http://www.bumwoosa.co.kr (천리안·하이텔 ID) BUMWOOSA